降りたら
白爵にされてました
ついでに
憧れの王子と
婚約
してました

塔から
女

塔から降りたら女伯爵にされてました

ついでに憧れの王子と婚約してました

かいとーこ

T Ō K O K A I

一迅社文庫アイリス

CONTENTS

ついでに憧れの王子と婚約してました
塔から降りたら女伯爵にされてました
レオン
エレオノーラの婚約者であり、
終戦に尽力した第二王子。
優秀で優しく素敵で笑顔が
爽やかと国民からの評判もよい。
人を見る目があり、
人たらしとしても有名。
エレオノーラ
戦場近くの守りの塔に
魔力を捧げる仕事をしていた令嬢。
引きこもり生活を満喫中に終戦。
塔を降りることになったら、
女伯爵として新領主に就任したことと、
婚約者がレオン王子になっている
ことを知る。

Characters

ジュナ

守りの塔で研究を
続けている神聖魔法の研究者。
エレオノーラが頼りにしている友人。

テオ

隣国ガエラスの第七王子。
レオンとともに終戦に導いた
立役者の一人。

◆◆◆

クロード

戦場で命を落とした
エレオノーラの父。
レオンの剣と魔法の師でもある。

シェリー

守りの塔の料理人。
エレオノーラ好みの料理を
作れる凄腕の未亡人。

Words

守りの塔
オルブラ市一帯を覆いつくして
攻撃を防ぐ結界を張れる巨大な魔導装置。

◆

オルブラ市
国境沿いにある領地。
良質な魔鉱石がとれる鉱山があるため、
隣国に狙われ、戦場となってしまった。

イラストレーション◆黒野ユウ

Toukaraoritara onnahakusyaku ni saretemashita

塔から降りたら女伯爵にされてました　ついでに憧れの王子と婚約してました

1章　ただ楽をしていたかっただけなのに

この都市の片隅には塔がある。魔術で造られた真っ白な石の塔だ。

先端には輝く石が据えられており、いかにも魔術的で特別な雰囲気だが、元々は使われなくなった木製の見張り塔を利用した魔術で石の塔に造り替えただけの実験的な塔だったという。

暗く低い雲に覆われた陰鬱《いんうつ》な空には、見る者が見ればこの塔を中心に水の膜のような薄い膜が広がっているのが分かる。その光景の神聖さに感涙する者もいるが、この塔の実情を知れば胸を突かれ目を伏せ指を組んで祈り出す。

この都市で最も闇《やみ》を抱える塔の上には、ガラス窓を開いて身を乗り出す一人の若い女が見えた。白い上着を羽織り、髪長姫を思わせる長い金髪が風で揺れている。彼女が伸ばした白い手には、一匹のコマドリがその指先で羽を休めていた。

乾いた冷たい風に乗って物憂《ものう》げな歌声が届く。何もできないことを嘆くように、一人で何でも抱えてしまう女は、冬の終わりに春の訪れを待つ歌を歌う。

美しい歌声に惹《ひ》かれて皆が視線を上げる。人々は遠目からも分かる彼女の横顔の凛《りん》とした様

に息を呑《の》む。見つめる先、その意味を知って涙を流す者もいた。

彼女が見つめるのは戦場がある方角だ。街中で最も高い場所とは言え、城壁に阻まれてその様は見えないはずだが、それでも彼女は窓から顔を出しては、戦場がある方角を見つめる。

彼女の父が亡くなった、廃墟《はいきょ》と化した砦《とりで》がある方向を見つめている。

彼女は歌い終えると、名残惜しげに小鳥を空に帰してガラス窓を閉めた。自ら塔に入ることを志願した彼女のために取り付けられた景色を見るための窓だ。

「ああ、エレオノーラ様。なんとお労《いたわ》しい。塔の上はお寒くないだろうか」

塔の横を通る道すがら、騎士の一人がその姿に胸を打たれてため息をついた。

「魔術師達もエラちゃんに風邪を引かれたら困るから、それは大丈夫だろ。でも、あんなに動物好きの子が、たまに小鳥と戯《たわむ》れるだけってのは可哀想《かわいそう》だな」

彼女は生き物が好きで、幼い頃《ころ》は森の小動物を愛《め》で、野良猫《のらねこ》を拾って母親に叱《しか》られたり、大きな軍馬にも臆《おく》せず触れたがったりした。彼女の昔からの知り合いは、それをよく知っている。

「ささやかな癒やしも、塔に食い殺されないようにすぐに逃がしてしまうしさ」

「全部この塔が……いや、塔のせいではないか。道具に罪はない」

この塔に助けられている皆からは、ため息が漏れる。

「悪いのは塔ではないと分かっているが、あんな、罪人が使われていたような苦役を、師の愛《まな》娘《むすめ》一人に任せなければならないとは……」

亡くなった塔の上の女の父は、皆を導いた師であった。だから昔から彼女のことを知る者は多い。そんな中でも古参であるレオンは、悔しさで爪《つめ》を噛《か》んだ。

「まったく。我ながら自分の手際の悪さにはうんざりする。信じて娘を任せてくれたというのに、クロードの願いとは反対のことになっている」

魔術師達が作り出した『守りの塔』と呼ばれる塔に、彼女はもう二年近く住んでいる。囚《とら》われているのではない。彼女は間違いなく自分の意志であの塔にいる。出たければ簡単に出られるし、助けを呼ぶことも簡単だ。

彼女は暇を潰すためにぬいぐるみや小物などを作って寄付しており、子ども達や保護者が塔の下までお礼を言いに来ては、笑顔で手を振っていた。もし無理やり入れられているなら、助けを求めるのは簡単だったはずだ。

「解放してあげられないのは悔しいですが、あの塔にエレオノーラ様がいるからこそ被害が出ていないんですから、何も言えませんよ。彼女が来る前はひどかったから」

「そうですね。貴族のご令嬢なのにわがままの一つも言わないから助かってはいますが、その慈愛に頼らなければならないのが情けない」

誰《だれ》かが言葉をこぼした。

この『守りの塔』はこの地域の守りの要《かなめ》だ。少量の魔力で、地域一帯を覆い尽くしすべての攻撃を防いでくれる結界を張れる、画期的な魔導装置である。

ただ『少量』というのは規模に対してであり、人間にとっては膨大な魔力だ。魔法石などで代用できればいいのだが、この塔で使われているのが神聖魔法による技術であり、信仰心が必須だった。そのため以前は信心がある魔力を持った罪人を集め、順番に使っていた。

入れる人数が多ければいいというなら簡単だったが、魔力の収集部屋は狭くて一度に入れる人数は多くない。魔力を使いすぎれば痛みに襲われるため、人数が多いほど入れ替えが頻繁になってしまう。しかし魔力は一定の質を保たないと結界が揺らぐため、動力である人間の入れ替えは少ない方がいいという、画期的だが未完成の技術だった。

困っていたところに来たのが、この塔に対して適性が高かったエレオノーラだった。

「丸い頬《ほお》が可愛《かわい》らしいお嬢さんだったのに、あれだけ食べていながら、あんなにやつれてしまうなんて。ただでさえ生まれつき病弱なのに……」

幼い頃のふくふくとした頬の彼女を知る騎士が言う。魔術師達の証言や彼女の様子からも、痛みで苦しんではいないようだが、それでも弱っているのがその姿から伝わってくる。

レオンはため息をついた。

「やっぱり、俺《おれ》達が時間をかけすぎたんだ。必要な時間だったとはいえ、身体《からだ》の弱い彼女一人に守りを任せてしまった……」

しかし本当にすべて必要な時間だった。血を流す量を減らす方法としては最短だった。それを稼いでくれたのは『守りの塔』に自らの意志で入ってくれた彼女である。

苦労などする必要ないはずの身分なのに、この戦《いくさ》で父を亡くした少女は、父が亡くなった原因である強力な『兵器』から人々を守るための、非人道的で苦役とされる儀式に自ら身を投じている。

「彼女のためにも、終わらせましょう。あの恐ろしい『兵器』を無力化し、もう塔の中から人々を守る必要はないのだと、知らせて差し上げましょう」

誰もが彼女に敬愛を向けている。彼女に感謝しない者はこの戦場にはいない。

かすっただけで砦を簡単に破壊した、恐ろしい殺戮《さつりく》兵器から周辺都市と人々を守っているのが、この塔の結界なのだから。

「ああ、そうだな。俺はなんとしてでもこの作戦を成功させて、エラの婚約者として胸を張って迎えに行こう」

彼女が何を思ってあそこにいるのか、正確なところは分からない。彼女と直接言葉を交わしたのは、彼女の故郷での別れの時だった。彼女はレオンと会う前に塔の中に入ってしまったから、どういう経緯でこうなったのかも人づてでしか知らない。会いたいとわがままも言ってもらえない。

それでも彼女があそこにいるのは、レオンに対する信頼があるからだと分かっている。

だから彼にできるのは、彼女の信頼に応えて戦争を終わらせることだけなのだ。

◇◆◇◆◇◆◇◆◇

エレオノーラは椅子《いす》から立ち上がり、あくびをして窓から身を乗り出した。

温度管理が行き届いている塔の中から指先一つ出るだけで、ひんやりとした空気にさらされる。だが先週まではすぐに指先がかじかむ寒さだったが、今日《きょう》はしばらくこうしていられそうな気温だった。なにせ今日は空の広さを感じる晴天で、日差しが暖かいのだ。

そのせいかふっくらしていた小鳥達も、春の喜びの化身のようにすら感じられるほど活発に動いている。この地方特有の、濃いめの橙色《だいだいいろ》の顔と、少し緑みがかった羽をしたコマドリだ。

用意しておいたパンくずを差し出すと、彼らは心得たもので、エレオノーラの指先に止まって小さなくちばしでパンくずに食いついた。以前はいつでも飛び立てるように警戒を解くことがなかったのだが、今ではすっかり警戒心がなくなっている。

思わず春の歌を口ずさむ。小鳥達も合わせるように楽しげに歌い愛らしい。

町外れの高い場所にいるから、誰も聞いていないと油断して景気よく歌っていたのだが、いつの間にか近づいてきていた儀礼用の軍服を着た一団の一部と目が合い、口を閉じた。

防音してもらっているはずだが、脳天気に歌う姿を見られるのは恥ずかしいのである。知っている顔がいる気がしたから、なおさら恥ずかしい。

この辺りはあまり人は来ないが、門へ続いている道があるので、たまに軍人や市民達が通るので気は抜けないと分かっていたのに、己のうかつさを罵《のの》らずにはいられない。

エレオノーラはこの都市の防衛機能の歯車として、塔の上で働いている。市民達に手を振ってもらえたりするほど馴染《なじ》んではいるが、暢気《のんき》に歌うには相応《ふさわ》しくない場所なのだ。ここからほど近い国境付近で戦争をしているのだから、暢気に歌う姿など見られるのはとても気まずい。

「あなた達、そろそろ行きなさい」

小鳥達がパンくずをあらかた食べ終えると、優しく手を握った。すると彼らはエレオノーラの手に頬を擦《こす》り付けたあと、仲良く空に羽ばたいた。

「エラ様、そんなに急がなくてもいいんじゃない？」

突然背後から声をかけられ、エレオノーラの肩がびくりと震えた。

「エラ様の魔力が満ちているから、小さな生き物が入り込んでも干からびたりしないわよ。変なところで心配性なんだから」

この部屋にある唯一の扉の方から呆《あき》れ声がかかり、肩をすくめて振り返った。いつの間にか白いローブ姿の若い女がいた。長い栗色《くりいろ》の髪をひとつにくくり、眼鏡《めがね》をかけて、いかにもできる女といった雰囲気を醸し出している。

「びっくりした。ジュナ、いきなり後ろから声をかけないでちょうだい」

「仕方ないでしょ。エラ様が外が騒がしいって防音魔法をかけてるんだから。それに伝声管で呼びかけてもびっくりするじゃない」

彼女は塔の中心部の真下にある白い石と水晶で作られた、いかにも魔法的な、たまに色を変えるオブジェの様子を見ながら言う。

門に続く道沿いにある魔術師達の研究施設に囲まれてこの塔は立っている。深夜でも人通りがあり、昼間でも魔術師達の実験による騒音で過ごしにくく、防音の魔法をかけてもらっている。

ありがたいが、ノックの音も気付けないという欠点があった。

「だってびっくりしたんだもの。でも、夜型のあなたが朝から来るなんて珍しいわね。それとも今が春になったってようやく気付いたのかしら？　春よ、春！」

いつも仕事ばかりで目の下にクマを作ることも多い彼女が、今日はいつもより顔色がよく、肌つやもいい気がした。何かがあって、ゆっくり休んだのだろう。

その何かがいいことばかりとは限らない。この都市から目と鼻の先では、戦争が続いているのだから。だからつい陽気にぬいぐるみを振り回す。

「春だってのはさすがに気付くわよ。塔の下にも花が咲いてきてるし」

彼女はふんと顔をそらした。花が咲いているのに気付くのは余裕のある証《あかし》だ。

「ふふ。去年は子ども達が押し花をくれたのよね。可愛らしかったわ」

エレオノーラは桶《おけ》で手を洗い、そのままベッドに倒れ込むように腰掛けた。手作りのぬいぐるみ達が、ぽよんと跳ねる。安い端切れを使ったパッチワークのウサギも可愛いし、ふわふわの高級生地で作られたクマも可愛い。どれもこれも、最高に自分好みの可愛いぬいぐるみ達だ。

「確か、エラ様のお古の小鳥のぬいぐるみのお礼だったわね」

ジュナは手作りのぬいぐるみだらけのベッドを眺めて言う。

裁縫道具やお礼の品が並べられた花柄のチェストと、水差しと軽食の入ったかごの置いてあるどっしりと頑丈そうな机、運び込むのが大変そうだった寝心地のいい高級ベッド。それがこの狭い部屋のすべてだ。ここにもう二年近く住み込みで働いている。何を置いても母に文句を言われることのない、小さいが自分の好きにした理想の部屋。

「お古って言わないで。後輩ができあがったから巣立っただけよ」

「それより朝食は食べた？　薬代わりだから鳥達よりも先に食べなさい」

エレオノーラは起き上がり、かごの中から朝食のスコーンを取り出し、ジャムを塗って口に入れる。ハーブの癖や苦みもありつつ、バターの豊かなコクもある。複雑な味わいが口内に広がり、多少の不機嫌なんて一発で吹き飛ぶほどの幸せな気持ちが広がった。

「ああ、今日もシェリーの料理は美味《おい》しいわ。こんなに罪の味がするのに、お薬で健康にいいだなんて信じられない」

信じられないほど寝心地のいい高級ベッドと清潔なシーツの上で、ごろごろしながら食べる朝食のなんと美味しいことか。木の天井からも布を垂らしてあり、中央の大きな宝石がわずかに輝き布を照らして、素朴ながらも昔話の魔女の住処《すみか》のような幻想的な光だ。寝る時もたまに真下のオブジェと繋《つな》がって光の柱を作っているから遮光は必須だが、とても気に入っている。中央の魔術的な物体を気にしなければ、石の塔の中とは思えない住み心地のいい場所である。

「そりゃあ美味しいでしょ。蜂蜜《はちみつ》とバターたっぷりですもの。エラ様がやつれているって、心配する人達に貢がれてるのよ。ここらでは一番いい食材が集まってるんだからね」

「え、健康のための薬草スコーンじゃなくて、太らせるために出されてたの？」

エレオノーラは衝撃の事実に手にしたスコーンを落としそうになった。

「痩《や》せすぎないようにするのも健康よ。エラ様前はふっくらしてたから心配されんのよ」

「そんな……まさかそんな罠《わな》があったなんて……。でも、この究極の痩身《そうしん》部屋にいる限り、もう二度と太ったりはしないんだからっ！　むしろ削りたい脂肪はまだあるんだから！」

「削りたいって、それ、もらえるならあたしでも欲しいぐらいだから。中央の貴族連中の間では細いのが流行《はや》ってるらしいけど、ここらでは違うから」

ジュナは首を横に振るエラを見ると、深くため息をついた。

「これ以上痩せたら、市民が本気で心配するのよ」

ジュナは頬の横に垂れている髪を指に巻き付けて、気まずげに言う。

「……いい人達ね。わたしが結界の要になっているからって、わざわざ贈り物をくれたり、食材をくれたりするなんて」

戦場近くにあるこの都市を守っている結界を張るための装置のためとはいえ、歯車でしかないエレオノーラに、彼らがよくしてくれるのはただの善意である。

「だから……結婚から逃げるために来たとはいえ、本当にいい職場に巡り合えたと思っているわ。ここに来てから痩せるし、身体は楽で軽いし、趣味に没頭できるし、食事は美味しいし、昼寝をしていても誰も嫌みを言わないんだもの」

彼らはエレオノーラが塔の上で暇を持て余しているのを知っているのに、心配するのだ。

「こんな軟禁状態でそう思うのはエラ様だけだって。前にいたのは罪人だったのよ？　そんな連中が普通の労役に戻りたがってたきつい仕事なのよ。それをエラ様一人に任せっきりだから、あたしらは冷血な研究者扱いされてんのよ。王様の命令でこの国のためにやらされてんのに」

ジュナは悔しげに唇を噛み締めた。今日はずいぶんと饒舌《じょうぜつ》だ。研究者達は無口な者が多く、ジュナが女性でおしゃべりだとしても、愚痴をこぼすのは珍しい。

不審に思って彼女を見上げていると、ため息をつかれた。

「何度も言ってるけど、魔力の少ない人にとってマジできついの。《守りの塔》の範囲知ってる？　鉱山や周辺の村も覆ってるのよ？　この都市が鉱山を守るためにあるとはいえ、これを長期間維持するなんて、本当なら無茶にもほどがあることなのよ」

彼女はまたため息をついた。その間もエレオノーラは気にせず食べる。良質な魔鉱石がとれる鉱山を、兵器の開発が盛んな隣国のガエラスに奪われようものなら、さらなる兵器を作り出されて、この国は戦に負けると言われているらしい。国内でも有数の要地だからこその要求だ。

「陛下の命令も仕方ないでしょ。できないことじゃなくて、できることなんだから」

「エラ様がそういう方だから、こんなところに軟禁しても心が痛まなくて、あたしらも救われてるんだけどね……」

「大げさね。多少の犠牲で故郷を守れているならいいじゃない。命までは取られないし」

鉱山で一番危険な作業に戻りたいというのも、エレオノーラには理解できない。

「ここはエラ様のおばあさまの故郷に過ぎないでしょう。それに一応、うちの一族は神聖魔法の研究者なんで、研究者の中じゃ善良な方なのよ。この結界も大規模な神聖魔法だしね。自分達だけ守ってるだけじゃ発動しない、周辺の村も守らないといけない術なの。そんな良識のある人間には、犠牲なんて耐えがたいものなのよ」

彼らは戦争が始まる前から、少しでも負担の軽い防衛方法を生み出そうとして、この塔を使った術を編み出した。結界そのものは自然の魔力を加工して薄く伸ばしているのだが、その加工には人間の魔力を使うのが効率がいいのだという。規模にしてはかなり効率はいいのだが、規模が大きすぎて少数の人間には負担が大きく、しかし人数を増やすと安定しないらしい。

「それに連続発動は長くて一週間程度の想定で作り出した仕組みなのよ。あんな火力の『兵器』を持ち出されなきゃ、絶対にこんな無茶は許してないわよ」

彼女達は現状に不満がある。稼働できるのと、完成したのは違うのだ。

エレオノーラは皆の言う敵国の『兵器』というものの恐ろしさを、彼らの語る言葉でしか知らないので、いまいちぴんと来ない。エレオノーラがここにいるだけで防げているのだから、理解しろというのが無理な話だ。人が殺せるという意味では、ナイフだって恐ろしい物だから。

「でもまあ、わたしはいたくてここにいるんだし、まったく気にしなくていいわ」

「いや、気にさせてくださいよ」

「だってここに来てから、手足が震えないから針で指を刺さなくなったの。それに、ぬいぐるみが好きでも、いい年してみっともないとか言われないし。ここにいるだけで仕事をしていることになっているから、食っちゃ寝しても気が楽だし」

エレオノーラはこの塔に来るまで人並みに走ることもできず、それどころか早歩きするだけで心臓が激しく騒ぎ、何もしていなくても倒れたり、起きられなくなった。それが、この塔に入ってからピタリと収まった。その上、給金が出ているのだ。文句があろうはずもない。

「さすが神聖魔法の聖なる塔ね。こんなに体質が合うなんて運命を感じるの」

「エラ様……ここを気に入りすぎでは？」

「いや、ごろごろしてるだけで三食おやつつきでお給金までもらえて気に入らない方がおかしいわよ。最低限食べなきゃいけない量が決まっているのはちょっと不満だけど、シェリーの料理はもう完璧《かんぺき》に私の好みだし、苦ではないから」

エレオノーラは料理人のシェリーが作った薬草入りのスコーンに、シェリーが作ったジャムをのせて口に入れる。未亡人の料理人は、もうすっかりエレオノーラの好みを知り尽くしている。塔の燃料としてのエレオノーラのために処方された美味しくはない薬草を、これほど食べやすく調理してくれたのは彼女だけだ。

「それに必要としてもらっているから、嫌な男と婚約しなくてよくなったのよ。あのままだったら、成人するまで花嫁修業だってひどい教育を受けなきゃいけないところだったの。だからまったく気にしなくていいの。一生ここで暮らしたいぐらいなんだから」

それが無理なことは理解しているが、軽い調子で言う。エレオノーラはまだ未成年で、親に逆らうなど、特に貴族の娘には許されない。本来なら家出娘などすぐに連れ戻されているところだが、この塔を維持するという大義名分がエレオノーラを守ってくれていた。世間の常識を覆《くつがえ》せるほどには、この仕事は重要だった。

「普通に必要とされているジュナには理解できないでしょうけど、必要とされるって気分がいいのよ」

エレオノーラはここにくるまでは誰かに必要とされることのない女だった。秀でた才能もなく、唯一の長所は今は亡き父親以上の魔力量だが、魔術の才能が皆無だったため無用の長物だった。腕力があっても運動する才能があるとは限らないのと同じだそうだ。

父のクロードは第二王子に魔法と剣の手ほどきを任されるほど有能だったのに、父のいい部分は何一つ受け継がなかった。だから父が死んだ戦場の側《そば》で、魔力だけを求めている親戚《しんせき》がいると知ったとき、自分にできるのはこれしかないと思ったのだ。

行動したきっかけは完全に自分のためだったが、必要としてくれるなら手伝いたいというのはエレオノーラの本心だった。

ジュナにもそれが通じているはずだが彼女の視線は泳いでいた。不自然なほど、動揺していた。

「……今日はわたしにここを否定してもらいたいように話すけど、どうしたの？　また何か理不尽な命令を受けたのかしら？　なら安心して。わたしが怖いのは兵器じゃなくて、それを扱う人間と、それを恐れて他人に無茶を言う人間よ」

彼女がおかしなことを言う時は、何かある時だ。彼女はエレオノーラが必要だから世話をしているが、それでも互いに心を許せる友人だと思っている。上流階級の者達には感じたことのない共感と心地よさ。喉《のど》がしまって息ができなくなるような嫌悪と縁のない、楽しい会話。いい年してぬいぐるみを可愛がっていても馬鹿《ばか》にしないし、ぬいぐるみを作るぐらいなら刺繍《ししゅう》をしろとも言わない。父親に似た鋭い目元のせいで性格がきつく見えがちなエレオノーラには、絶対に似合わない可愛らしい物を馬鹿にされたことはない。

そんな初めてできた理解のある友人の性格は、だいたい把握している。

「エラ様……」

ジュナは表情を曇らせ名を呼んだ。

「どうしたの？　まさか戦況が悪化したの？　それともわたしの知っている方が亡くなった

の？」

有能な軍人だったらしい父も戦争で命を落とした。エレオノーラの事情を理解して受け入れてくれた親戚であるこの都市の領主も、高齢と心労のせいか病で亡くなった。

今は膠着《こうちゃく》状態とは言え、それに続く人は何人いてもおかしくない。父が慕われていたから、軍人の顔見知りも、血縁者も多くいる。この痩身部屋を気に入っているとはいえ、知り合いが亡くなれば悲しくなる。

「そうじゃないわ。悪いことでは……ないの」

彼女は歯切れ悪く言い、首を横に振った。それほど深刻な顔をしていないから、深刻ではないが、どうにもならないことが起きたのだ。

「あ、おじさまの跡取り問題？」

亡くなった領主の跡取りがまだ決まっていないらしいと聞いていた。

「あら……エラ様にしては、珍しく勘がいいじゃない」

皮肉な言葉も切れが悪い。よほどよくないのだろう。

「生き残っている候補者がろくでなしで、戦争のことがあるから下手《へた》な人が後を継ぐより、現状維持でレオン様にお任せした方がいいってことだったわね？」

自分の認識が間違っていないか覚えていることを言うと、彼女はうつむいた。

「ええそうね。レオン王子は軍人としても、施政者としても有能だからね」

レオンは父クロードが育てたそれはそれは有能な王子だ。父が師として慕われていたため度々顔を合わせたから人柄は知っている。公平で文武両道な彼なら、いいようにしてくれるはずである。

たまに塔の下を通りかかった時に姿を目にするが、安心させるように手を振ってくれた。どうやら彼はクロードを慕うあまり、娘のエレオノーラを妹のように思ってくれているらしく『可愛い人』だの『愛《いと》しいエラ』などと、勘違いしてしまいそうな手紙までくれた。ただの引きこもりにここまで義理を通すのだから、政治家としても有能に違いない。

幼い頃に憧《あこが》れて、大人《おとな》になってもその憧れが失敗ではなかったと思わせてくれる、素晴らしく珍しい人格者なのだから、彼に守られる領民達は幸せである。

「レオン王子が有能だから、その問題も解決しちゃったのよ」

「跡取り問題が？　どうやって？」

鉱山さえ安全に運用できれば、国内でも有数の財力と権力を誇るオルブラ伯の跡継ぎ問題は、どれだけ血が流れてもおかしくないのだ。

「ああ……なんというか……終戦したから、かしらね？」

エレオノーラは予想もしない方向から殴りつけられたように、しばらく固まって動けなくなった。意識を取り戻したのは、ジュナが目の前で手を打ち合わせた後だった。

「しゅ？　え、終戦!?」

自分の声でその事実を聞いて理解すると、真っ白だった頭は、いろんな色が混じり合ってぐちゃぐちゃになっていく。

「……この部屋を気に入ってるエラ様には言いにくいけど、終戦したの。そのおかげで……新しい領主様も、お迎えできるしさ。本当に、申し訳ないんだけど」

終戦。それはつまり、この塔の連続稼働の終わりを意味していた。

「……え、私、失業したってこと?」

「……まあ……広義ではそういう言い方もあるわね」

いきなり失業を突きつけられたエレオノーラは失意のあまりうずくまった。

戦争が終わったことはめでたい。人が死んでいたのだ。人が死ななくなればいいのにと、思っていた。

(だけど、いきなりの失業はないじゃない! 準備期間とかあってもいいでしょ!?)

心の中でわめき散らし、額に手を当てる。そんな雰囲気があるなら、事前に教えてくれてもよかったのに。そう睨《にら》み上げると、彼女は首を横に振った。

「あたしも知らなかったのよ。このことで悪いようにはさせないから落ち着いてちょうだい」

「でも、いきなりでまだ次に逃げ込む先も見つけてないわ」

エレオノーラは傍らにあったパッチワークのウサギを抱きしめた。

彼女は結婚から逃げてきたのだ。

実家は騎士として成り上がった家系だ。そんな家で父が亡くなり、跡継ぎの弟はまだ幼いとなれば、親類達にとっては本家のことに口を出す絶好の機会である。家を乗っ取られてもおかしくないと、焦った母が後ろ盾を求めて長女の嫁ぎ先を探した。

見合い話があった男はいきなり悪口を向けてくるような悪い人ではないが、口から先に生まれたのではと思うほどよく話し、よく自慢し、分かりにくい嫌みを言った。人付き合いはよく、色々な集まりに顔を出す人だった。エレオノーラはそういう貴族の遠回しな自慢と嫌みとおべっかが一番嫌いだったのに、結婚したらそれらに連れまわされることになるのだ。

だから必要としてもらえる可能性にかけて家出したのだ。父が亡くなった場所というのも、思うところがあった。運命ではないが、迷う心の背を押した。

ぎゅっと胸が押し潰される嫌な感覚は、久しぶりのことだった。わがままと言われようと、嫌なものは嫌なのだ。考え抜いた末なら受け入れたかもしれないが、母の考えは短絡的で自分の好みで話を進めるところがある。母はエレオノーラが大人しいからと、自分好みの派手な男を選んだが、そもそも代々騎士の家系のリーズ家とはかみ合うはずもない。

「ご安心を。さすがにそのような恩知らずはいませんから」

ジュナは胸を押さえるエレオノーラの肩にそっと手を置いた。冷たいようにすら思える灰色の瞳《ひとみ》は、今は優しく細められていた。

「そ、そう？　なら、わたしにできることといったら、魔力をお裾《すそ》分けするかお裁縫ぐらいよ。

修道院も考えたけど、そんなに敬虔《けいけん》でもないから、神様に失礼よね」

「エラ様をお針子になどできないし、修道院なんて最後の手段は考えなくてもいいわよ。お父君がレオン王子の師で、ご自分も護国の英雄だって自覚してちょうだい？」

父は運よく出世し、教え上手のせいで王子を育てたという名誉を勝ち取ってしまった。しかし娘からすると、エレオノーラの出不精は父親譲りだ。

「お父様は自分が楽をするために、今を頑張ろうと自分に言い聞かせて働いていた、ただの運の悪い怠け者よ。私もここにいたら楽だからそうしただけだし」

父は苦労したくないからそこそこ出世し、苦労したくないから部下を育て、部下が有能揃《ぞろ》いになったため王子の目についてしまっただけの、状況に流されやすい怠け者である。本当なら部下に任せて自分はのんびりと趣味の釣りを楽しみたい人だった。

エレオノーラと違って騎士として有能だったのが運の尽き。それで戦争に巻き込まれて死んでしまったのだ。

「そんなことを言うのはエラ様だけですって。リーズ卿は結界を維持するきっかけを作った兵器での攻撃を結界が張られるまで押さえ込んだ英雄だし、終戦に導いたのがリーズ卿の後を継いだレオン王子よ」

しかしエレオノーラは知っている。愛馬に『もう出世したくない』やら、ソファでごろごろして愛犬に『働きたくない、嫌みを言う奴《やつ》らが憎い』やらと愚痴をこぼす姿を。

「そうね。お父様はともかく、レオン様は第一印象の通り傑物ね。幼い頃の憧れのまま、皆に期待された以上に成長した素晴らしい方よ」

楽をしたくて育てた中でも、父の傑作と言える人物だ。

「言っておくけどね。エラ様も大差ないのよ？　『戦場で亡くなった父の元に自ら駆けつけ、父の意志を引き継いだ若い騎士達を支えた女傑』なんだから」

「は？　何それ。誰がそんなありえない美化を？」

「事実だけ見ればそうなのよ。普通の女の子は高い志がない限り父が亡くなった戦場近くで就職しようとしないから」

エレオノーラは顔をしかめた。彼女の行動は父の死がきっかけではあったが、自分が求められそうな場所がたまたま戦場に近かっただけだ。感傷で戦場に来るほど、感情的な人間ではない。

「それよりも、どうやって終戦？　停戦の間違いじゃないの？」

隣国を警戒するため、いつでも動かせるように待機させてもらえば解決する。エレオノーラの食事だけなら高くはない維持費である。

「終戦だそうよ。隣国《ガエラス》で戦争反対派の王子が簒奪《さんだつ》したの。だから国境付近の兵器は撤去されるから、それの対策だったこの塔も用なし。移動が大変だからまた持ってこようとしても展開する前に破壊できるわ」

ジュナは沈痛な面持ちで言った。

「そう……運がよかったのね。わたしのささやかな希望も粉みじんにする理想の平和的勝利。さすがレオン様だわ」

エレオノーラには快適な住居を失うような不幸だが、レオンにとっては最良の結果だ。

「運なわけないでしょう。レオン王子がガエラスの何番目かの王子に接触して、そうなるように仕向けたらしいから。あたしが言わなくてもよく知っているでしょうけど、あの方の先見の明は凡人からしたら神の加護を受けているようにしか見えないわ」

エレオノーラは目を丸くした。思い出すのは、会うたびに背が伸びていった、泥臭さを感じない紳士的で美しい少年騎士の姿だった。確かに彼は素晴らしい男性だった。問題になりそうなら先回りして解決してしまい父の顔を引きつらせていたし、終わってから関わっても恨みを残さないように上手《うま》く調停役として立ち回った。女性のあしらい方も上手く、怒らせないように袖《そで》にしていた。よく容姿を馬鹿にされていたエレオノーラにも「今日も可愛いね」だのと言ってくれるほど優しかった。

「あの人は怖いぐらい先回りの天才だったけど、ジュナのように頭のいい人がそこまで言うほどのことを?」

「戦を終わらせられた要因が、王子の人を見る目と、王子に選ばれた精鋭達。つまりエラ様のお父様が育てた人達。で、そんな人の娘が、ここで、街を守ってるの。みんながどう思うと思う？」

　分からせるように言われて、エレオノーラは考える。

「……なんだか、ものすごく意識高くて、すごそうなわたしと縁のない女っぽいわ」

「そうよ。あんたがどう自認しようが、世間はそういう女だと思うのよ。縁がなかったとしてもね」

　エレオノーラは嫌すぎて眉間《みけん》にしわを寄せた。もし否定したとしても謙遜《けんそん》していると思われると理解できた。

「だから、エラ様は安心してどっしり構えてくだされぱいいのよ。悪いことにはならないから」

「悪いようにしないって、レオン様がどうにかしてくださるということ？」

「そうよ。ようやく分かってくれたのね」

　レオンは察しのいい人だ。エレオノーラが母と折り合いが悪いのを知っている。

「レオン様はお母様の人柄をご存じだから、お母様の暴挙から守ってくださると」

　彼の気の配り方を思い返せば、それぐらいしてくれる。エレオノーラは確信して希望を胸に抱いたのだが、ジュナは動揺を隠せず眉間にしわを寄せた。

「え、エラ様……？　それ、本気で言ってるの？」

「え、してくれないかしら？　いつも先回りしてくださるのに」

彼女は首を横に振って額に手を置いた。

「エラ様、なんであの王子様が平和的に解決することを選んだか分かってる？　あんたが日に日に痩せる姿を見て、やつれていってるって勘違いして、あんたに負担がかからないよう、すみやかに、穏便に進めた結果よ」

「は？　やつれてるって程痩せてないし、前より元気にしてるのに？」

「無理をしてるんじゃないかって勘違いされたのよ。あたしらがエラ様は健康だって言っても、エラ様に手紙書いてもらっても信じてくれないし」

「え、なんで？　レオン様なら、わたしの手紙から、実はわたしがここでごろごろ快適に過ごしているなんてことぐらい見抜いてるでしょ？」

「見抜いてはないわね。そういうとこだけ察しが悪いというか、エラ様が常識外れすぎて思考を読み切れてないというか。でもまあ、あたしも最初は本当に大丈夫なのか不安で毎日顔色を見に来てたし。昔からの知り合いなら、病弱な子が痩せてったらそりゃ心配でしょ。あんな情熱的な手紙をもらってるんだから、気付きなさいよ」

無駄に心配をかけてしまったと知り、初めから本音を伝えていればよかったと後悔した。しかし、素敵な王子様にだめな自分を告白する勇気はなかったのだ。

将来のことを考えると不安だが、だからといって落ち込んではいられない。

ごろごろして生きるのは最高だが、他人に依存し、他人の気分でどうとでもなる不安定な立場はいやだ。安定は自分の力で手に入れなければ、ずっと不安につき纏《まと》われる。

「エラ様また勘違いしてそうだけど……他人にあんまり頼らず生きてきたからしゃあないか。誰かに頼っても、働く気はあるんだから立派だよ。そこまでして社交界がイヤってのは理解できないけど」

人間、立場が違う者同士が理解し合うのは難しい。だが理解できなくても仲良くなることはできると、彼女との関わり合いで知ることができた。

「じゃあ研究のお手伝いは？　今後の研究も気軽に使える魔力があればやりやすいでしょう？」

それなら知った顔ばかりだし、無茶なことも言われない。

「それはあたし達も考えてた。エラ様みたいな高貴なお方も研究職につくことはあるし、うちって信仰系の魔術の研究だから世間体も悪くないし」

エレオノーラは優しい言葉に涙がにじむ。友達だと思っているのは自分だけではなかった。立場を超えて本音を話し、情けなさを晒《さら》したから、彼女はエレオノーラのほとんどを知っている。そんな友人が、手を差し伸べてくれている。

「だけどさ、実はもう決まっちゃったんだよね。エラ様の就職先」

感動に打ち震えていたエレオノーラは、申し訳なさそうなジュナを凝視した。

「は？　誰がそんな勝手なこと」

「いや、エラ様を守るために、善意と善意と思惑が複雑に事故ったっていうか」

ジュナはせっかくまとめた髪ごとガリガリと頭を掻《か》いた。髪を伸ばしているのも、切るのが面倒くさいという見た目を気にしない彼女が、今日は珍しく他人の目を気にした格好をしていることの異常さに、今更気づいた。

「じつは今日報告しに来たのは、大きく分けて二つでさ。一つは終戦。もう一つが、まあ、言いにくいんだよ」

彼女は心底困った顔をしているから、そちらが問題なのだと察する。善意だと言っていた。善意は、エレオノーラに向けての善意のはずだ。

「詳しいことは……間違ってるといけないから、当事者に聞いて欲しいな。会ってもらえる？」

彼女はどこか緊張しているようだった。いつもはエレオノーラの性別を理由に滅多に来なかった、上役の誰かだろうかと首を傾《かし》げる。

「かまわないけど……」

許可を出すと彼女は部屋のドアを開いた。するとそこに階段を上り終えた誰か——先ほど向かってくるのを見た儀礼用の軍服を身に纏った男達がいた。

「もういらっしゃったんですね……下でお待ちしてていただきたかったんですが」

彼女は困った顔をして振り返る。しかし外にいた人はジュナを優しく押しのけて部屋に入ってきた。背の高い、銀髪の男性だった。

「ああ、エラ、エレオノーラ！」

名を呼ばれ、エレオノーラの肩がびくりと震えた。膝《ひざ》の上にいたウサギが、ころりと転がった。

エレオノーラという自分の名を久しぶりに聞いた。しかも、今まで話題にしていたとんでもない相手の口からだ。

「レ……レオン様⁉」

記憶の中よりもさらに背が高く精悍《せいかん》な顔つきになった、みんなの憧れの王子様がいた。凡庸《ぼんよう》な兄よりも王に相応しいと言う者がいるほどの、優秀で優しくて素敵で笑顔が爽《さわ》やかと国民からも評判の王子様。人を育てるのが上手かった父の、最高傑作と名高い騎士。

エレオノーラははっとして周囲を見た。貴人には見せられない、かなり生活感のある室内。伸びっぱなしの髪。水洗いしただけの顔。

「ちょ、ジュナっ⁉　聞いてない！」

「あー、大丈夫ですよ。顔も洗って、服も着てるんだか……ですから。こんなところで着飾ってたら逆におかしいですよ」

ジュナは人目を気にして緩い敬語で言い直した。緩すぎて言い直す意味はなさそうだが、エレオノーラはそれどころではなかった。

「で、でも、でもでもでも」

「エラ様、羞恥心《しゅうちしん》とかあったんですね。うちの父が入ってきても平気なのに」

「さすがにレオン様だと緊張するの！　ジュナだってするでしょ!?」

ジュナは何も答えず頬を引きつらせて笑った。関係ないと思っているのだ。

抗議を続けようとしたところ、レオンがエレオノーラの前に片膝をついた。

「エラ、ごめん。どうしても君の顔を近くで見たくて。それに散らかってなんていないし、制限があるのにこんなに女性らしい部屋にできるなんて、恥ずかしいことなんてないじゃないか」

レオンは白い手袋を外し、転がっていたウサギを机に置いて一撫《な》でし、戸惑うエレオノーラの手を取った。そしてスコーンのクズがついた指先に唇を落としたのだ。

「甘い香りがする。朝食にリンゴのジャムを使ったのかな」

その通りだ。だらしなく食べていたのがバレて、羞恥で頬が赤く染まる。そんなエレオノーラを見上げて彼は微笑《ほほえ》み——急に顔を歪《ゆが》めた。

「ああ、エラ。本当に……こんなに」

顔を歪めたかと思うと、彼は突然エレオノーラを抱きしめた。抱きしめられたのだ。

生々しい人の体温。父を思い出す、犬や馬、人間でも女とは違う引き締まった、肉を感じる身体が頬に当たっていた。

はくはくと唇は動くが、喉からは何も言葉が出なかった。

「こんなにやつれてしまって、迎えに来るのが遅れてごめんな」

エレオノーラは勝手にここへやってきたのだ。迎えを約束したわけでもないのに謝られ、彼は少し離れて彼女の無駄な脂肪のなくなった頬に触れた。

琥珀《こはく》の瞳がエレオノーラをのぞき込んでいた。エレオノーラの怠惰で欲深い心の中など何も知らない、贅沢《ぜいたく》な食事に対する嫌みのかけらも感じない、清らかな瞳でだ。

(ひえええええ。わ、わたしが何をしたと⁉　こんないい生活をしていたのに、どうしてこんな善意のこもった目で見てくれるのっ⁉)

役に立ちたい気持ちがあったのは本当だ。誰かの役に立てば、居場所ができる。死んだ父のためにと、すべて嘘《うそ》というわけではないが真実でもない綺麗事《きれいごと》を言い出したのはエレオノーラ自身ではない。志の低い生き方をしている自覚はあるが、人間なんてそんなものだ。

つい、心の中で言い訳をしてしまう。これだけ見つめられると、レオンなら特殊な魔術など使わなくても見透かしてしまいそうだから。

「殿下、エラ様が混乱されて固まっていらっしゃいます」

冷たく感じる声でジュナが言うと、レオンはむっとしたように彼女を睨む。なぜかしばらく睨み合う。二人のあからさまな態度にエレオノーラは戸惑った。

「レオン様、本当にエレオノーラさんが困っていますよ」

騎士に指摘されると、レオンはすぐに体を離してくれた。

「ああ、驚かせてしまってすまない。君の顔をようやく見られて、うれしさと悔しさで冷静でいられなかったんだ。国境の小競り合いでこれだけ待たせてしまって悪かった」

彼はエレオノーラの目の前でなんとも表現しづらい笑みを浮かべた。もしここに妹がいれば「悩ましげなレオン様もなんて素敵なのかしら！」と騒いでいただろう、そういう笑みだ。

「あ、あの。レオン様が、どうしてこのような場所に……？」

エレオノーラは小さくなって、頭の中から言い訳を追い出すように問いかける。すると彼は優しげに目を細めた。彼に心を読むような特殊な力はないと知っているのに、その目に見つめられると心が揺らぐ。

みんなの憧れの王子様にこれ以上だめな部分を見られたくないと思うのは、仕方のないことだろう。

「魔術師達に大丈夫と言われても、どのような場所に住まわされていたのか不安だったんだ。クロードから君のことを頼まれたのに、君の方からこんな所に来てしまって、しかも魔術師達はかたくなに会わせてくれなかったから、心配だったんだ。だから一度見ておかないと、と」

彼は本心から、純粋に心配している。そんなふうに心配されているとは思いもしなかった。誰も入れなかったのは、ただのエレオノーラの要望だったのだから。

一人でも受け入れていたら実家から迎えが来たら入れなければならなくなると危惧《きぐ》したのだ。

それ以上の意味はないが、家出するほどだったので魔術師達は重く受け取ってしまったようだ。

（ひょっとして、さっきレオン様がジュナを睨んでいたのって、わたしのお願いのせい？）

　気軽な願いで、レオンと魔術師が対立していたとしたら、気まずいにも程がある。

「普通は生命力を削がれ衰弱するっていうのに、君ったら何年も文句を言わずにこんなところで使われて……本当に人がよすぎる。我慢強さは美徳だけど、一人で背負うことなんてなかったのに」

　彼の中でこの部屋での生活は、罪人達が元の場所に戻りたがるような苦役のままであるらしい。それを思うと、彼が魔術師に対する不信感を持つのも無理のないことだ。

　どうすれば誤解が解けるかと言葉を探すも、なかなかいい言葉が思いつかなかった。

「エラは頑固だから、多少のことでは出てこないと思って、俺……俺達は、君を一日でも早く解放するために、被害を抑えての最短を目指したんだ」

　部屋の外に控えている騎士達も、小さく肯定の言葉を発していた。中には涙ぐんでいる者もいた。その瞳には強い意志が宿り、やり遂げた者の目をしていた。

（言えない。人生で一番気楽な堕落的生活をしていたなんて、言えない）

　この瞬間、知られたくないのはレオンだけではなくなった。なぜか助けてくれようとした純粋な青年達にも知られたくなくなった。

　背中に冷たい汗が流れる。もちろん父が亡くなった場所に近いことに思うところはあったが、父の意志を継ぐとかそういう意図はなかった。

ただ条件が自分に有利なのではないかと思ったのだ。嫌なことから逃げたかっただけだ。楽をしたかっただけで、こんなに心配させていたとは思いもしなかったのだ。

「えっと、ご心配なく。ここは、不便ではありましたが、とても居心地のいい部屋でした。ベッドもいい物にしてもらって、暇を潰せる物もたくさん用意してもらえましたし、趣味に没頭していたらすっかり身体もよくなったんです」

本心から、居心地がよかったのだ。

「君は本当に……女性が住んでいると、こんなところでも可愛らしくて、居心地がよくなるんだね。実家の君の部屋よりも、君が好きな物であふれている。あそこでは、この程度の自由もなかったということか……」

他人にここに来てから体調がいいというと、故郷にいるのがよほど苦痛だったのだろうと勘違いされるが、レオンも何か勘違いをしていた。

「故郷の部屋が嫌なわけではありませんよ？　自分には似合いの部屋でした」

「もちろん自分に似合わない物よりは、趣味でなくても自分に似合う物を選ぶべしという考えは理解している」

ひどく誤解をしていたくせに、変なところでは的確に思想を指摘されてぎょっとした。まさかレオンに部屋の趣味を知られているとは思ってもいなかった。

ここに置いてある物は好きだが、自分には似合わないと思っているのを知っているのは、せいぜい妹だけだと思っていたのだ。だから部屋は自分にも似合う魔女風にして、バランスをとっていた。

父は娘が本当は可愛い物が好きで、似合わないから遠ざけているのを知っていた。若い娘の扱いを、若くて気の利く男に相談するのはおかしいことではない。

（あ、そうか。お父様から相談を受けたことがあるからか）

「これからはそんなこと気にせず好きなようにしていいんだ。子どもでないからって、可愛らしい物から卒業する必要はないし、好きなようにすればいいんだよ」

エレオノーラはこれが夢ではないかと疑った。だって可愛らしくもない女に、こんな都合のいいことを言ってくれる男がいるはずがない。だが握られた手の温かさは本物だ。

どうすればいいか分からなくなり、ジュナに視線を向け、心の中で「わたしにどうしろと!?」と問いかけた。すると思いは正しく通じたようで、

「殿下、女性の部屋をまじまじと見るのはいかがなものでしょう。ここはエラ様が住みやすいよう揃えた物しかない、エラ様の私室なんですから。そんな場所にこんなに大勢で来るなんて」

ジュナの歯に衣《きぬ》着せぬ物言いにレオンは肩をすくめ、すぐにエレオノーラに微笑んだ。妹を見るようにというには、琥珀色の目には熱がこもっていた。

「エラ、部屋の可愛らしい住人達は後で運び出すから、そろそろここから出よう。君の部屋は新しく用意してあるから。きっと気に入ってもらえる自信がある」

「え、部屋……新しく、ですか？　どなたがそのようなものを……」

「もちろん俺だ。君の趣味を知っているのは君の妹を除けば、俺だけだから」

心から「イヤです！」と拒絶したい言葉だった。

「わたしの趣味……ですか」

子どもの頃に似合わないと母に言われてから、隠してきた趣味だ。実際に似合わず、代わりに似合う少し大人びた雰囲気の物を用意してくれたので、母はただただセンスがよかったのだ。

だからエレオノーラの周りは趣味ではなく、似合う物が置かれていた。それを知っていれば、装飾の雰囲気がエレオノーラの趣味で、ぬいぐるみは子ども達への贈り物として作っていると思われるだろう。

異様なのは妹に触れてきたことだ。

「驚くほどのことではないよ。俺は昔からずっとエラのことを見ていたから、よく知っている。君達姉妹は仲が悪いと思われているけど、気が合わないだけで不仲ではないだろ」

正しい評価に、エレオノーラは舌を巻いた。

家族で妹だけがエレオノーラの趣味を正しく理解していたのを知っていた。エレオノーラの趣味の可愛らしい物で飾られた妹は、エレオノーラに与えられるような飾り気は少なく、怜悧《れいり》で品がある物こそが好みだったからだ。

姉妹を観察していたら、その違いを理解していてもおかしくはない。妹はレオンが来ると必ず絡みに行ったし、エレオノーラはあまり迷惑をかけないように見張っていた。父からの土産《みやげ》を受け取る反応を見たりと、観察力があれば理解できたかもしれない。むしろ彼のように高貴な人間にとっては、分かりやすいかもしれない。

それで本当に妹の部屋のような場所を差し出されても、似合わないのを理解しているから困る。嫌ではないからますます困る。

「さあ、馬車も用意しているよ。階段は降りられそうかい？」

レオンはよほどこの部屋に対して不信感があるのか、エレオノーラの背を押すように塔から出るよう促した。

「もちろん、階段ぐらい降りられます。体調はとてもいいので」

「無理をしてかばわなくても」

エレオノーラの趣味は理解しているというのに、この塔のことはよくない環境ということにしたいらしい。

「本当に素晴らしい環境で、とても清々《すがすが》しい気分で過ごすことができたんです」

「エラ様、無駄よ。その王子様はいくら言っても信じてくださらないもの」

ジュナは毒を隠さず言い、レオンを見上げた。涼やかな目元をしている彼女がすると、睨み上げているようにも見えた。

権力者に楯突《たてつ》こうとするなど、権力者など利用すればいいと思っている彼女らしくなかった。

「ジュ、ジュナ……？」

「あたし達がどんな態度をとろうと、どうせ塔は閉鎖されるんだからいいのよ」

彼女はやけっぱちになって言う。

「塔を閉鎖する⁉」

エレオノーラは驚いて声を上げた。ジュナが刺々《とげとげ》しいのも無理はない。幼い頃から関わってきた塔を奪われそうになっているのだから。

「ああ。民が不安がるからすぐに解体はしないが」

すぐにしないだけで、将来的には解体したいらしい。

「な、なぜですか？　塔を常時稼働する必要がなくなった今こそ、思い切った改造ができるのに」

そうなれば動力源として、究極の痩身部屋に入るという労働を続けられるのに。

「エラ、君がそんな心配をしなくていいようにしたんだ。その方が手軽だからって君一人に頼るなんてことは、もうしなくていいんだ」

レオンは優しく微笑むと、エレオノーラの手を引いた。

「向こうの兵器も簡単に準備ができるものではないし、今は撃てない。改良はこの塔でなくてもできるだろ。この塔は効率を重視しすぎて人的に効率が悪いし、塔ありきになっても困るから」

今まで塔を管理していたジュナは唇を噛み締めていた。人間が必要な時点で効率が悪いのは事実で、エレオノーラ以外では安定して運用できなかったから反論できないのだ。

エレオノーラには技術的なことはさっぱりわからないが、いつか一般的な魔術師数人で長期運用できるようにするのが彼らの目標だ。そのためには実験を繰り返す必要があるのに、レオンはエレオノーラをそれに関わらせるつもりがないのだ。

このままここで実験に付き合うという選択肢がなかった理由を理解し、今朝《けさ》まで爽快《そうかい》だった胃が重くなるのを感じた。

「エラ、大丈夫。君が心配しているようなことにはならないよ。実家には帰らなくてもいい。俺はオルブラ伯に、君の後見人として……」

そこで彼は言葉を切った。そして恥ずかしがるように頬を掻いた。

この歴史あるオルブラの領主であった大叔父が、彼にエレオノーラを任せるのは理にかなっている。彼なら家出をしてきたエレオノーラを悪いようにはしないと判断したのだ。

しかし彼が言葉を切って、あまつさえ少し照れたように頬を染めているのは理解できなかった。彼が誰かに評価されるのは当たり前で、今更喜ぶほど幼くはないのだから。

「クロードには、正式に婚約者として君を任されているから」

優しく微笑むか、厳しい顔ばかりしていた人が、哀愁を含んだ笑み顔を見せた。

クロード、戦争で亡くなったエレオノーラの父。代々騎士として王家に仕えてきただけで、軍人に向かない性格の権力欲などなかった人。レオンに請われて彼を鍛え、王子を実の息子のように可愛がっていた人。

そんな父と、実の娘よりも長く過ごしていた王子様が、とんでもないことを言った気がした。

「エラ様、エラ、しっかりなさい！」

ジュナに軽く頬を叩《たた》かれ、はっと我に返る。

焦ったようなジュナの顔、そしてエレオノーラの背に手を回して支えるレオン。

「エラ、大丈夫か？」

「あ、はい」

エレオノーラは意識を飛ばしていたことに気付き、慌てて自分の足で立つ。

(そうか、この部屋を取り上げられる衝撃で気が遠くなって、都合のいい夢を見ていたのね)

どうしてそんな夢を見てしまったのか、自分がそんな夢を持っていたとは知らなかった。

(王子様と婚約だなんて、夢の中とはいえ夢を見すぎでしょう)

幼いエレオノーラが彼に憧れていたのは否定できない。何せレオンは『初恋泥棒』と騎士達から揶揄《やゆ》されるほど被害が大きかったのだ。彼は気さくで優しくて、話していると自分は彼の特別なのではないかと勘違いしてしまいそうになる。彼にとってエレオノーラが特別な理由は、クロードの娘だからだと理解しているから流されないが、妹はそれすら利用して媚《こ》びを売っていた。

(どこからが夢だったのか分からないけど、どうかしてるわ。しっかりしなくちゃ)

父と大叔父にエレオノーラを任されたのは彼の態度からして現実だろう。そうでなくては、こんなふうに大人数で迎えには来ないはずだ。彼は女性に勘違いされすぎて、十代半ばではその心配がある相手とは決して二人きりにはならないようになっていた。

「やっぱり無理はよくない。俺が下まで連れて行くよ」

そう言うと、彼はひょいとエレオノーラを人形のように抱き上げて、軽々と階段を降りた。

エレオノーラの喉がヒュッと鳴った。

「め、滅相もありません！　重いですから下ろしてください！」

「エラはおかしなことを言う。可愛い人、君は十分軽いよ」

そう言って、レオンはエレオノーラの額に唇を落とした。

全身の血が沸騰するかと思った。

(なんて恐ろしく簡単に人のおでこにキスをするのかしら！　完全に妹扱いされてるんだろうけど、わたし以外じゃ勘違いされてしまうわよ)

勘違いしない女だという信頼の証でもあるが、それとこれとは別だ。

「もう、子どもじゃないんですから！」

「ああ。すっかり大人の女性になってしまったな。日に日に花開くような成長を遠くからしか見られなかったのが残念だ」

どこ吹く風の様子に、よくも悪くも彼は我が強いのを思い出した。権力に興味のないクロードを自分の陣営に引き込めたのも、その柔らかな態度とは正反対の我の強さがあったからこそだ。

レオンが塔を受け入れがたいと思っているなら、聞き入れてくれる気がしない。

それ以前に、エレオノーラは自分の今後の不透明さにため息が漏れた。生殺与奪の権を握るのが親しい彼だったのが幸運なのは間違いないが、だからといって握られたくはないものだ。

レオンはしっかりとした足取りで、エレオノーラを抱えたまま階段を下りきり、いつもは閉じられていた外へ続く扉をくぐった。久しぶりに全身で直射日光を浴び、目を細める。

「ん？」

外に出ると世界は輝いていた。日光は浴びていたつもりだったが、部屋の中と外では違うのだと実感する。

しかしその輝く世界の前に、オルブラの象徴である山百合《やまゆり》の紋章がついた立派な馬車があった。そして、道沿いに人々が連なっているのが見えた。

「んん？」

今朝見た時、確かに外が賑《にぎ》やかだった。しかしその時よりも増えていて、明らかにおかしい。

「な、なんで人がこんな――」

　エレオノーラは驚いて声を上げようとし、それはすぐに遮られた。

「終戦、おめでとうございます、エレオノーラ様！」

「エレオノーラ様、ばんざい！」

「エレオノーラ様、おめでとう！」

　人々は口々にエレオノーラの名を呼び、手を振っていた。中にはこの街の紋章である山百合の旗を振っている者もいた。

　エレオノーラが慌ててジュナを見ると、レオンはそっと地面に下ろしてくれた。

「……ちょ、ねえ、ジュナ。どうして皆さんはわたしにおめでとうなんて言うの!?」

　エレオノーラは慌ててジュナの耳元で怒鳴った。そうしないと声がかき消されてしまうのだ。

「塔から解放されてよかったねって意味じゃない？」

「レオン様だけじゃなくて、市民まで塔を嫌ってるの？」

　衝撃的な事実だった。不安定な装置に何年も頼るなど、安定を好む者が望まないのは理解できるが、感謝していると思っていたのだ。

「嫌っているわけではないよ。あの塔は平和に必要な物だった」

　レオンはにっこり微笑み、エレオノーラの耳元に口を寄せて言う。

「だけど頼らなくていいように、これからはしていかなくてはな。俺達も全面的に力を貸すよ」

彼は穏やかに、しかし固い信念を持って言った。その目は希望に満ちていた。

彼が抱きしめたりキスしたのは、ただ浮かれていたのだと気付く。エレオノーラをここから出すことによって、戦が終わったとより強く実感できたのかもしれない。

「これからは復興するだけ。オルブラもようやく以前の賑わいを取り戻せる」

「……レオン様がそこまでおっしゃるなんて……ひょっとして、オルブラにとっていい跡継ぎも見つかったんですか？」

跡継ぎになるはずだった長男が亡くなって、どこから連れてこようかと知恵を出し合っていたはずだ。跡取りによってはまた戦になりかねない。

「え？」

笑っていたレオンは、問いかけに驚いた顔をしてジュナに視線を向けた。

「まさか、伝えていないのか？」

「たまに来る市民や小鳥とささやかな交流をしつつ心穏やかに過ごされているのに、言えませんよ。一人でそんなことを考えたら、あたしがいくら大丈夫って言っても、不安になりますからね。エラ様は責任感は強い方ですし、気が大きい方でもありませんし」

エレオノーラを挟んで二人は睨み合った。

「どういうこと？　何かあったの？」

レオンが前向きに言っていたから、ろくでなしは領主にならなかったのだ。なのにジュナは終戦を告げた時より気まずげに目をそらすのだ。

次に説明を求めレオンを見上げた。すると彼もジュナの言葉が理解できたとばかりに、頬を引きつらせた。そこへ、とんでもない言葉が飛び込んできた。

「新しい領主様万歳！」

「エレオノーラ様！　ようこそオルブラへ」

「オルブラ伯になってくださってありがとう！」

市民の声を聞き、エレオノーラは再び固まった。

変な言葉が聞こえる。祝福と、新しい領主への感謝の声が聞こえるのだ。

「黙ってて、ごめんね？」

と、ジュナが手を合わせて言う。

「亡くなった領主様の指名で、エラ様が跡継ぎになっちゃったのよ。ほら、エラ様ってちゃんと血の繋がった身内だし。身内の中では一番オルブラへの貢献度高いし」

気が遠くなりかけたが、両側からしっかりと支えられていたので無様に倒れることはなかった。

「ど、ど、どっ」

「どうして黙ってたかって？　言えるはずないでしょ？　のんびり塔に引きこもってる間に領

主になって、王子様との縁談がまとまってたなんてさ。下手したら精神状態で塔にも影響が出るし」

なるほど、それは仕方がない。

などと頷《うなず》くには、彼女の言葉は衝撃的すぎた。

「え……縁談⁉ 縁談って、さっきのあれは白昼夢じゃなかったの⁉」

「いや、そんなわけないでしょ。大人しいと思ったら、立ったまま夢見てたなんて都合のいい処理してたのね。夢みたいでも、これが現実よ」

ジュナが呆れ顔で言う。するとレオンもなるほどと頷いた。

「そこまで知らされていなかったのなら、驚くのも無理はないな。では改めて」

レオンはエレオノーラの手を取り、頭を下げて指に口づける。そのとたん、人々がピタリと口と動きを止めて沈黙が落ちた。その沈黙の中、レオンは背を伸ばして微笑む。

「エラ、結婚しよう」

生まれて初めて耳にした言葉だった。他人が言われているのを聞いたことすらなかった。それなのに、それは自分に向けられて放たれた言葉だった。

「は、はい」

無意識に返事をしていた。『考えさせてください』と言いたかったのに、回りの悪くなった舌は勝手に肯定していた。

遠くで、ゴーンゴーンと時を知らせる鐘が鳴った。

人々の割れんばかりの声援と拍手に小鳥達が騒がしく飛び回り、祝福するように小さな花がエレオノーラの髪にポトリと落ち、再び額に唇が落ちる。

はっと我に返ったのは、馬車に乗り込んでからだった。

◇◆◇◆◇◆◇

なんとか馬車から降りて領主館のリビングのソファに座った頃には、すっかり生気が抜け落ちていた。今朝はあんなに爽やかに、清々しく一日を迎えていたのに。

「どうして……どうして……」

唇から、それだけがもれた。

今回の問題に悪意などどこにもない。むしろ皆が最善だと思っているのが伝わってきたから、エレオノーラはそれだけしか言えなかった。

「どうしてって、そりゃあ、いい方は亡くなって、悪くない人は安全な場所にいたエラ様だけになったからよ」

そう言われてしまえば、強く拒絶もできなかった。

「無欲な者がすべてを手に入れるのは昔からのお約束とはいえ、現実はそれだけの物を得た無欲な者は、手に余らせてしまうのだな。それを皆も理解しているから、エラに無理はさせないよ」

　レオンは安心させるように彼女の手を握った。前より手も痩せているし、水仕事もしておらず、乾燥しないようにとクリームを差し入れられていたから、握られても恥ずかしい手ではないが、なぜか心配するような顔で撫でられているのが気まずい。

　どういうわけか結婚することになった男なのだ。とても気まずく、申し訳ない。

「あんなに柔らかな手だったのに、こんなに痩せてしまって……」

「普通ですが」

　ひどい言葉に、思わず反論してしまった。

「レオン、女性の体型に口を出すのはよくないですよ」

　面食らうレオンに、近くにいた使用人のような服装の若い男が口を挟んだ。

「ああすまない。あれだけ食料が運び込まれているのに、どんどん痩せていってしまったから、心配で心配で」

「それに関しては魔術師の皆さんがちゃんとしてくれて、専用の料理人もいたほどですから、何も心配いりませんでした。お手紙にも書きましたけど」

　心配されて手紙をもらっていた。本気で気にかけられていたから、安心させるための返事を出したのだが、本心にとられていなかったようだ。

「ああ。だけど君は昔から異様に我慢強くて、多少辛《つら》いぐらいじゃ普通だと思いかねないから。身体が辛い時も、骨折した時も、可愛がっていた猫が死んだ時も、クロードが……」

彼は言葉を切った。

「エラ様、骨折して平然としてたの？」

「折れてるって気付かなかっただけで、痛いなとは思ってたわよ」

無理やりついてきてもらったジュナに問われ首を横に振った。

「風邪ひいた時に微熱だって言った時も、結構な熱だったじゃないですか。エラ様の平気は、本当に信用ならないんで心配されても当然でしょ」

「その頃は一般的な発熱について少し疎かっただけよ。昔は熱が出るのが当たり前だったから」

塔のおかげでその当たり前が当たり前ではないというのを実感できたが、発熱時はどれぐらいからひどいのかが分からなかったのだ。

「エラ様が領主様になったら、無理をしないか心配だわ」

「思い出させないでっ！　どうして、わたしなんかが領主なんてことに!?　わたしぐらいの遠縁でいいなら、もっといるでしょう!?」

「残念ながら有能な人物は皆亡くなった。だから無欲で民からの評判がいい君が選ばれたんだ。塔の上に居続けてくれた君なら、反対する者はほとんどいないから」

レオンが沈痛な面持ちで言う。亡くなってしまったと言われると、言葉を返せない。

「これから立て直さなければいけないのに、民から搾り取ろうとする愚か者、戦争で儲《もう》けただけの者、それに繋がる者は論外だろう。君は贅沢を好む人ではないからこその指名だった」

「確かに、お金を使うような趣味はありませんし、戦争は嫌ですけど」

宝石よりもぬいぐるみに似合う可愛らしいボタンが好きな自覚はある。失業は辛いが、争いなどない方がいい。

「君の穏やかな性格を考えると、地位と責任を与えるのは苦肉の策だ。だからこそ、責任の部分は俺が、俺達が支えるよ。父上も賛成してくれている」

俺達ということは、このまま彼の私兵のような騎士団は残るようだ。それよりも――。

「父上って、……こ、国王陛下がですか？　そこまで話が大きいんですか!?」

「そりゃあ、戦争してでも奪い取りたい良質な鉱山があるからな。真面目《まじめ》っぽく見られていたクロードの娘と、戦が上手いと思っている実の息子がいた方が安心できるんだろう。今のオルブラ伯が無能だったり、後ろ盾やら護衛やら見張りがないと困るんだ。鉱山が見つかってから、オルブラは国内でも有数の要地になったからな」

最後に添えられた『見張り』というのが一番の理由だろう。だから男よりも、レオンと結婚できる女の方が理にかなっている。しかも凱旋《がいせん》を祝うような市民の反応から、好印象を持たれている。

国王が賛成したということは、それだけ国の利になるのだ。

（つまり、逃げ道がないってことじゃない！）

頭を抱えたくなった。思い悩んでいると、レオンがジュナを睨んでいることに気付いた。彼の魔術師に対する当たりの強さは揺らいでいないようだ。

もちろんその視線は向けられたジュナも気付いており、彼女は嫌みったらしく手を胸に当てた。

「可哀想なエラ様。成人して独り立ちした後は、研究に手を貸す程度の穏やかな暮らしを望んでいらしたのに」

「ちょ、俺のせいにされても！　俺が決めたんじゃないよ？　先代のオルブラ伯の遺言なんだ。遺言書もある。君はその高潔な人柄を見込まれたんだ」

エレオノーラは目を見開いた。高潔の意味がさっぱり分からなくなったが、あの部屋に引きこもるのは世間からすると高潔扱いされるようなことだというのだけは理解した。

「でもね、エラ。君が実家に帰りたくないなら、これが最善なんだ。これが誰かの庇護《ひご》なんて不確かなものを受けなくてもよくなる唯一の道だ」

「誰かの庇護……」

父も大叔父も嫌がることを強要しない大人が亡くなり、不確かさを実感した。

「君が成人するまであと半年は身分の確かな後見人が必要だ。いなければ欲深い連中が、その立場を狙《ねら》って群がってくる。君を危険な目に遭わせて、それを救って信用させるなんて可愛い方だろうな」

いかにもありそうで、頬が引きつる。

この国の女性は誰かの庇護下になければならないというのが常識だ。特に未成年に対する庇護を義務付けている。それらは無力な者を保護するためにあるが、強制的に結婚させられる原因でもあるのでエレオノーラには厄介な法だった。

だから成人するまでは塔に閉じこもり、その後は貴族の娘が就いても家名を汚さない仕事をするつもりでいた。研究職ならそれに相応しく、魔術師達も受け入れてくれるだろうと思ってもいた。

「君が成人するまでにはオルブラを正常化するつもりだ。そうなれば君は国内でも有数の権力者になる。成人してしまえば後見人も不要だ。親だろうが口出しできなくなる。誰かの庇護を受けなくてもよくなる」

それはつまり、レオンの庇護すら必要なくなるという意味だ。

母はとにかく、娘を自分と同じような女に育てたがった。社交的で、綺麗に身を飾って、ちやほやされて、話題の中心になるような、彼女にとって素晴らしい結婚を娘達に求めていた。

「庇護を受けなくて、いい」

エレオノーラは呟《つぶや》き、その意味を噛み締める。

「君は母君が、少し苦手だろう。嫌いではないけど、自分の人生を好きにされたくはない。だから父の代わりになる信頼できる場所を求めて、そのために自分の力を示す方法を戦場に求めて自力で道を切り開いた。実際に切り開けてしまったのだから、本当に君は、クロードに似ている」

彼は目を細め、懐かしむ。エレオノーラは父親似だ。彼が懐かしむのも仕方がない。

「だけど、嫌だろう。もし俺に何かあった時、次の誰かを探さなきゃならないような不安定な環境は」

エレオノーラは頷いた。

一人で生きていける自信はない。安定した環境が好きだ。だからこそ、誰かに縋《すが》って作られた安定など、安定とは思えなかった。しかし責任を負うのも怖いのだ。あれも嫌だこれも不安だという気持ちばかりで、ひどくわがままだと自分で理解している。それを彼は見抜いて微笑んでいる。

「大丈夫。もしもの話で、領主として難しい部分は俺がやる。細かいことを理解するのが無理なのは当然だ。俺にだってできていないが、長年オルブラに仕える者達が力を貸してくれている。彼らは優秀で、後任の若者も育っている。君は細かいことは任せて、清廉《せいれん》な領主としてどっしり構えていればいい」

赤の他人なら鼻先であしらうべき自分にだけ都合のいい言葉だが、彼は本当にそれでいいと思っている。

　甘やかされる喜びと、そんなことが許されるはずがないという戸惑いが胸をかき乱す。

「それに君が微笑むだけで民は安心するんだ。どれだけやつれてしまっても、心折れずに微笑む君を見てきたから。君の凛々《りり》しい顔立ちは頼もしく見えるしな」

　凛々しいと言えば聞こえはいいが、実際は性格がきつそうな顔をしているだけだ。頼もしそうというのも、骨格がしっかりしているのを聞こえよく表現しているだけだ。

「ですが、いくらなんでも政治の教育も受けていないわたしじゃ……」

　どうしても是とできないのは、自分の学のなさが原因だ。色々と学べただろう十代の二年間を無駄にごろごろして過ごした過去が、許されるはずがないという後ろめたさを生むのだ。

「どんなに学があっても、あなたでなければこの都市の速やかな立て直しは難しいんです」

　そう言ったのは、先ほどレオンに忠告した、使用人のような簡素な服装の黒髪の男だった。騎士とは雰囲気が違う、しかし使用人とも明らかに違う品のある青年だ。

「つまり、正当な相続権を持ち、誰も異を唱えられない実績と清廉さを備え持つ方は他《ほか》にいない。他がひどくて、あなたに逃げられたら市民が困ってしまうということです」

　他がひどいという理由は、エレオノーラの胸の中にある申し訳なさを、少し和らげた。

　嫌なことから逃げるために権力を利用させてもらう免罪符のような耳触りのいい言葉だった。

「ええっと……あなたは？」

「初めまして、新たな女伯爵。僕はテオと申します」

彼は優雅に一礼した。国内の貴族の礼とは手の振りも、足の位置も、腰を曲げる角度も違う。

「お見かけしたことのないお顔ですが、研究者の方かしら？」

首を傾げて問うと、心底驚いたように彼とレオンは目を見開いた。

「驚いた、研究職だとお分かりになるのですか？」

「匂い……雰囲気がジュナ達に似ているわ。気品はあるけど使用人や軍人でもなさそうだし。しかもレオン様に敬称をつけていませんでしたから、配下ではないのだろうと」

そして研究者には変わり者、自由人が多いのだ。呼び捨てするぐらいしてもおかしくない。

テオは顎《あご》に手を当て、他の騎士達は囁《ささや》き合う。

「さすが閣下のご息女だ。本質は見抜いてくるんだよなぁ」

「エラは顔と性格だけじゃなくて、ああいうところが一番父親に似てるからな。だから殿下もエラに夢中なんだろ。殿下はああいうのが癖《へき》だから」

クロードの古い配下には、親戚やら領民やらの、エレオノーラ個人との付き合いのある者も多い。その中の一人であるハトコが好き勝手言っている。

そんな声を聞きながら、テオは口元に手を当ててくすくすと笑った。

「レオンから聡《さと》い方だとは伺っていましたが、本当に素晴らしい。改めて私はテオ。ガエラスで研究者をしていました。あなたとこの都市の魔術師に救われた哀《あわ》れな男です」

戦争をしていた国の研究者と知り、エレオノーラも驚きでわずかに眉《まゆ》が跳ねた。しかし今の自己紹介では謎《なぞ》が深まるばかりである。

「エラ、戦を終わらせるために手を貸してくれた、ガエラスの第七王子のテオだよ」

「え、王子!?　どうりで上品な研究者だと思ったわ」

後半の言葉は、独り言の囁きだった。国内の貴族と比べてしまうほど、彼の所作には気品を感じた。しかし研究者には貴族も珍しくないのでそれほど不思議ではなかった。

「そんなお方がどうしてここに？」

先ほどの凱旋パレード的な市民の歓迎を受けている最中も彼はレオンの近くにいた。平和的に終戦したのだからおかしくはないが、民は複雑な気持ちになるだろう。

「ガエラス人に対する反感や恐怖心を持つ者もいるから、俺の側が一番安全だろう。だから、エラには彼の滞在を許してもらいたいと思って」

一瞬、なぜ自分に問うのか悩んだが、すぐに自分が何にされたのかを思い出してはっとした。

「そ、そういった政治的な判断は、レオン様にお任せいたします」

形だけの許可だと察して、すぐに任せた。引きこもって、情報も遮断されていたエレオノーラには、彼らのことなど何も分からないのだから。

「ふふ。昔は転んでも差し出された他人の手に気付かないような人だったのに、迷わず頼ってもらえるのは嬉《うれ》しいな」

エレオノーラはそんなことがあったことすら知らなかったし、彼がそんなことを気にして覚えていたのも知らなかった。

それが顔にでも出てしまったのか、レオンはくすりと笑った。

「君に気付いてもらえる前にクロードが抱き上げてしまったからね。身に覚えがないのも仕方ないよ。悪いのは空気を読まなかったクロードだ」

父に抱き上げられることは珍しくなかったので、まったく記憶になかった。太って可愛げがないから身内だけしか手を貸してくれるはずがないと思い込んでいた。それどころか早く立てという意味だと受け取っていた覚えがある。

ひょっとしたら、気付かないうちに親切にしてくれていた人が他にもいたのかもしれないのに、捻《ひね》くれすぎてひどい受け止め方をしていたかもしれない。

「申し訳ございません。もっと視野を広く持ちます」

「そうだな。これからは下心で近づいてくる者がいるだろうから、気をつけた方がいいだろうな。親切と下心は両立もするし。これからはまずはそういった商人が寄ってくるだろう」

顔をしかめてしまった。真贋《しんがん》を見分ける目などないから騙《だま》される自信があった。そういう見る目のない人間は、本当に信頼できる店でしか買わない方がいいのだと知っている。

「苦手という自覚と、どんなに妨害されても詳しい誰かに頼る信念があればいいんだ」

「信念なんですか？」

「今を逃すともう買えないとかいう美味しい情報を前にした時は必要だよ。損をすると思うと、人は焦って愚かな選択をしてしまうものだ」

「なるほど……」

自分に自由にできる権限があり、言葉巧みに急かして騙そうとする相手を無視して待つには信念が必要だ。口の上手い相手に誘惑されれば、ぐらついてしまいそうだ。

その時、エレオノーラの腹から『ぐぅぅぅぅ』と音が鳴った。

皆の視線を感じ、血の気がひいて冷や汗をかく焦りの後、羞恥で顔が熱くなり頬を抑えてうつむいた。

「ああ、そういえばエラ様は間食もされていませんでしたね。塔の中ではこまめに食事をとっていただいていたから、身体がそれに慣れてしまっているんですよ」

ジュナはエレオノーラをかばって言う。

「確か君は日課を終えて食事中だったな。急《せ》かしてしまって悪かった。そろそろお茶と菓子が運ばれてくる頃合いだと思うが」

レオンの視線を受けて、騎士が動こうとした。しかしその前にドアがノックされた。

「失礼いたします」

と、ワゴンを押して中年のメイド姿の女が入ってきた。エレオノーラは領主館の使用人の顔など一人も覚えていない。しかしその顔には見覚えがあった。

「え、シェリー!?　その格好はどうしたの？」

彼女はエレオノーラにとって、ジュナの次に顔を合わせた女性である。

「どうしたもこうしたも、エラ様にお茶をお持ちするなら着替えろってさ。あたしはメイドではないのにさぁ」

彼女はぷりぷり怒って、エレオノーラの前にワゴンを運んだ。

「エラの知り合いなのか？」

「魔術師達の食堂の料理人です」

レオンは目を丸くした。

「エラ様の体質はかなり特殊で、魔法医が用意した薬草で魔力の流れを調整していました。彼女はそれらを摂取しやすいように調理していた料理人です。エラ様の口に合うように作れたのは彼女だけでしたので連れて行くようにと」

「なるほど……」

レオンは呟いて考え込む。薬と言われて、深刻に考えすぎているように見えた。

「でも、シェリーがいなくなって食堂は大丈夫？　みんな口が寂しくないかしら？」

専属ではなく、エレオノーラの食事も作ってくれていた食堂の料理人なのだ。

「薬草料理が必要な人はエラ様以外にいないからね。他の薬は煎《せん》じて飲めばいいのさ」

「そう？　でも、嬉しいわ」

「そう言ってもらえると嬉しいですよ。焼きたてじゃないけど、お腹《なか》がすいたでしょう。あ、明日《あす》から薬草の内容を変えるそうだから、失敗したらごめんなさいね」

「平気よ。今までも配合を変えたばかりでもちゃんと食べられたじゃない」

多少の失敗はあれど、食べられないものがでてきたことはないのだ。

「しかし、塔を出たのに薬が必要なのか？」

レオンは眉間にしわを寄せて問う。

「魔力を回復させるために薬が必要だったというならわかるが、過度に魔力を消費することがなくなったのに薬が必要なのか？」

もっともな疑問だった。エレオノーラにも分からないので、ジュナを見た。

「ああ、エラ様には魔力を作りすぎない薬を飲んでいただいていたので、いきなりやめたら身体に負担がかかりすぎるんです」

「は？　作りすぎない？　作るんじゃなくて？」

レオンの声は驚愕《きょうがく》で裏返っていた。

「エラ様は塔を動かす最低必要な分よりも多い魔力を持っていたんです。その余分な魔力も吸われてしまうので、回復に体力を消耗して身体に負担がかかるんです。だから必要な分の魔力を作り出せる程度に抑える薬を用意していました。それを急にやめれば身体に負担がかかります。ですから、吸われない分、今までよりも強い……苦みの強い薬が増えるんです」

レオンは絶句した。エレオノーラも絶句した。

「に、苦くなるの？」

「そんな顔しないで。一番苦いのは変わらないから、あんまり変わらないわよ。ねえ、シェリー？」

ジュナは気さくにシェリーに尋ねる。

「任せておいてくださいな。いつかこんな日が来るからって、何度か練習はしていたんですよ。ぶっつけ本番じゃないから安心してくださいね」

シェリーはたくましい腕で胸を叩いた。頼もしい姿だった。

「レオンの話からしてもっとハリネズミのような女性だと思っていましたが、あれってただレオンが甘える対象になってないだけじゃ」

「うるさい」

「ちょ、はたかないでくださいよ。でも、胃袋をつかまれると弱くなるのは男女関係ないんですね」

「くっ」

テオとレオンが友人らしく気さくに話し、肩を叩き合っていた。

「あの、お二方。せっかくだから、エラさんの部屋でお茶にしたらどうです？」

周囲を気にした騎士の一人に声をかけられ、レオンは小さく咳払《せきばら》いした。使用人が多く控えているため、視線が気になるようだ。

「そ、それはいい。エラ、せっかくだから、新しい部屋に移らないか？」

エレオノーラはとうとうその時が来たのだと背筋を伸ばした。

自分の部屋。最高の部屋の次に与えられる部屋は、自分の部屋として落ち着くことができるのか心配だった。

「まだ最低限の家具しかないが、何を増やしていくか話し合うのも楽しいだろう」

「え……話し合う。わ、わたしが増やしていく物を考えてもいいんですか？」

「もちろん、君の部屋だからな。今は揃えたくても贅沢品が入ってこないから実物を確認して買うのは難しいが、職人に依頼したらきっと喜ぶだろうな」

職人に頼むという言葉に、さらに驚いた。実家の部屋は母の趣味だった。自分が好きにできた部屋は、あの塔の上だけだった。それでも真ん中に鎮座していた装置に遠慮して、魔術師の塔の雰囲気は壊さないようにしていた。あれはあれでよかったが、制限がなくなるのだ。

「嬉しいです」

今度は、本当に好きにしていいのだ。

「そうだろう。君はすべて用意するより、箱だけ用意して買い足して充実させていく方が好きだと思ったんだ」

レオンは満足げに笑って言った。

どうしてそんなに満足げなのかと疑問が浮かび、自分が彼と婚約しているのを思い出し、前《まえ》屈《かが》みになりそうだった背筋がぴしゃんと伸びた。

釣り合うはずもないが、自らの振る舞いで不釣り合いになるのだけは避けなければならないのだ。


それから、エレオノーラは二人の王子とお茶をして語らった。

レオンの何でも用意するという誘惑にも耐え、執事に彼が呼び出されて出て行ってくれた瞬間まで、エレオノーラは背筋を伸ばして耐えていた。

「どうして!?」

エレオノーラはジュナと二人きりになった瞬間、頭を抱えた。

エレオノーラに与えられたのは亡くなった大叔父の部屋だそうだ。一度だけ入ったことがあるが、裕福な男性の貴族らしい部屋のはずだった。

重厚な家具で揃えられており、大理石の暖炉など初めて見たというのが印象に残っている。

白い壁には金の燭台《しょくだい》と繊細な筆遣いの湖畔を描いた風景画。

床には美しくも可憐《かれん》な花模様の青いカーペット。部屋の片隅には青い天蓋《てんがい》付きの豪奢《ごうしゃ》なベッ

ドに、装飾の細やかな猫足のティーテーブルと、同じ意匠のドレッサー。

部屋の反対側にあるテーブルセットは、お茶会がしたくなりそうな華やかさがある。

どことなく青い印象を覚えるこの部屋は、豪奢で華やか。重厚だが、しかし可愛らしさもある女性らしい部屋だった。

「どうして⁉　最低限しか置いてないのに、本当にわたしの好みだわ……可愛すぎてわたしに似合わない手前ぐらいの、完璧なセンス。前は温かみがなく見えた大理石の暖炉も可愛く見えるなんて！　半年に一度会う程度で、どうしてここまで？　いつの間に⁉」

エレオノーラは可愛い物が好きだった。似合わない自覚があるから、可愛らしさはさりげなく取り入れるぐらいが好みだった。これ以上の可愛らしさは、似合わなすぎて耐えられない。

つまりこの部屋は、絶妙な、エレオノーラを知り尽くした部屋だった。

「あー、まあ、エラ様の好きを絶妙に取り入れた部屋よね。子どもっぽいのは好きだけど受け入れられないってのを理解してるわ」

部屋に残ったジュナが、調度品を検分しながら言う。

「そうよ。わたしが受け入れられるギリギリをついているわ」

なのにレオンは、好きそうな家具を統一感を出して集めただけだから、後で理想の家具を作らせればいいと言っていた。

「家具は入れ替えてもいいっておっしゃってたけど、下手に入れ替えたら理想と離れるわ」

「だからこそ自信満々だったんでしょうね。あたし達じゃあ物を増やしたら、ただ部屋を汚すだけになりそう」

「わたしはさすがにそこまでひどくないわ。雑多で品のない感じになるだけで」

どうしてかわからないが、ダサくなっていく部屋が想像できた。

「こんな部屋を自力で維持する自信もないわ。毎日綺麗に掃除をしないと、みすぼらしくなっちゃうわ」

「確かに、女領主の部屋で埃《ほこり》が積もってたら最悪よね。使用人なんてこんなに必要なのかって思ってたけど、これを維持していくならやっぱいるわ。侮られたらまずい時期だし」

ジュナはしみじみと言う。

「そうね。いないと無理だわ」

実家は通いのお手伝いさんで十分だったが、ここはそうではないのだと実感した。

「でも、さすがは人たらしで有名なレオン王子ね。必要な人材を、的確に落としていって仲間にして、血を流さずに終戦させたそうだけど、きっとこんな調子だったんでしょうねぇ」

ジュナはちらりとエレオノーラを見た。

先ほどの彼の説得は見事だった。不安を言い当てられ、その解決策を提示された。

「はは……さすがものぐさなお父様を陥落させて働かせたお方よね。え、ってことは、わたしもそうなるの？　この部屋を用意したみたいに理解されてそうなるの!?　ねえ、婚約って正いって言われたのに、結局何かしている姿が見えるんだけどっ！」

エレオノーラは部屋から伝わってくる本気さに戸惑い、頭をかきむしった。今までまだ夢の中にいるような気分だったが、見たことも想像したこともない洒落《しゃれ》た家具が置かれたこの部屋は、自分が作り出した夢ではないと告げていた。

「正気って言うけど、エラ様は王子の師匠である英雄の娘で、今や権力と財力もあって、婚約しても何の不思議もないからね？　王子にとっても都合がいいし。オルブラって今は戦争でひどいけど、前は国内でも屈指の財力で政治的にも影響力がある大貴族だったのよ」

確かにレオンにとっては悪くない話だ。こんな部屋を用意できるほどよく知った年の近い未婚の女が、思い入れができた歴史ある都市を相続したのだ。

自分が頑張って守った都市を維持するためには領主が無能では話にならないが、平時になれば口も出しにくくなる。しかしエレオノーラと結婚すれば支配者になったも同然である。

「確かに悪くはないかもしれないけど、もっといい縁談があったでしょうに。それとも、面倒な土地の統治にやりがいを感じたのかしら？」

何の知識もないエレオノーラにいきなり統治させたら現状維持すら難しく、それで迷惑を被るのは民だ。だから助けは必要だ。しかもちゃんと運営すれば確実に伸びることが分かっているから、楽しいかもしれない。彼は自分を鍛えて身を立てるのを、生き残るためだけでなく、楽しんでやっていたようだから。

「いや、あの王子様って、権力はあれば利用するし責任は負うけど、興味はない人でしょ。そんな人は、利益だけで結婚をしたがらないんじゃない？　結婚なんてしなくても、エラ様を操るなんて簡単だし」

「え、じゃあなんで結婚なんてするの？」

彼にとって都合がいいから結婚するのだと思っていた。そうでなければ皆の憧れの人が、エレオノーラなどと結婚するはずがない。

「普通にエラ様が好きなんじゃないの？　すごく心配してたし、長い付き合いでしょ？」

「長いからこそありえないでしょう？　最後に会ったのは太ってた頃だし、どんくさい姿を見せてきたのよ。お父様の娘だから可愛がってくれたけど、妹みたいな扱いだったわ。わたしの妹と差がつかないようにしてくださっていたし、とても慎重に、親しくする相手を選んでいたわ」

痩せたといっても、それでも貴族の基準ではまだ太いぐらいなのだ。可愛がられているかもしれないが、それと結婚は別の話だ。警戒しなくていい相手だとされている自信はあるが、結婚する相手としての自信はない。

「見た目で人を判断しない人なんでしょ。エラ様は尊敬する師匠の娘だし、中身で判断してくれてたんじゃない？」

「中身を評価されるほど大した中身はないんだけど？」

可愛げのない性格をしている自覚はある。妹がしていたように、他人を気持ちよく働かせるような言葉も出てこない。

「太ってたって言っても、ふっくらしてた程度だったし、今じゃ容姿を重視する男でも十分釣れるわよ。エラ様は黙ってれば『いい女』って雰囲気だから、好きな人は好きよ？」

そんな馬鹿なと、じっとりとジュナを見つめると、彼女は笑った。

「エラ様は昔からあの王子様に妹のように可愛がられてて、今はすっかり美人に育った。だから王子様もやる気に満ちてる。それでいいじゃない」

「まあ、レオン様はお父様が好きすぎるから、やる気なのは本当だろうけど……」

クロードの遺言ならやる気に満ちていてもおかしくない。クロードの娘に不自由をさせないため、クロードが命がけで守った場所を守るための婚約なのだから、前向きなのも不思議ではない。

「……お父様が大好きだったのを考えると、わたしとオルブラを取るのはレオン様にとっては当然なのかも。鋭い目つきがお父様と似ているって言われるし」

他にしたい相手がいないから、結婚の選択はありなのかもしれない。

だから彼は嬉々《きき》として、エレオノーラの心が揺らぐような提案をするのだ。彼はそれを喜ぶと思ってやっている。エレオノーラも『嬉しい！』と彼にすべて委ねたいが、自分のことを委ねきるのは少し怖い。

　レオンはそんな不安も見越しているから、彼にもしものことがあった時の提案もしたのだ。

「説明も、この部屋も、わたしが疑い深くて臆病《おくびょう》な質だから『いいようにするし、悪いようにはしない』って示してくれているってことよね？」

「そうねぇ。エラ様が怯《おび》えないよう慎重にやってるわね。婚約のことは怯えられるとか欠片《かけら》も考えてないっぽいのは、モテすぎて感覚麻痺《まひ》ってる感じするけど」

「なるほど。確かにレオン様が女性に嫌われているのは見たことがないわ。男性にも嫌われることはほとんどなかったけど」

　彼と仲が悪いのは最初から敵対している相手だけだった。敵対していなければ妬《ねた》み以外で彼を嫌う理由はないし、そんな隙《すき》があれば彼は友好的な関係を築くだろう。

　よく考えて結論づけたエレオノーラは、ため息をついてスコーンに手を伸ばした。しっとりと甘いそれを口に含んでささやかな幸せを噛み締め、はっと我に返った。

「そういえば……あの痩身部屋に入れないなら、これからは食べるのも我慢しなきゃね」

　美味しくてついたくさん食べてしまったが、これからは量を減らしていかなくてはならない。

「ええ、そうね。けっこう食べてもらってたし、それは必要かも。体質を普通に戻さないとね。今まで食べすぎてたし胃袋を小さくしなくちゃ」

「うう。小食に慣れるまであんまり動かないようにしよ。理由があれば、ごろごろしてても何も言われないわよね？　こんな大きな都市の領主が何をしてるのかなんて想像もつかなかないし」

　嫌がっても、自分に押しつけられたものは変わらない。逃げ出したら迷惑のかけ方が家出とは比べものにならないのだ。傷口を縫って塞《ふさ》いだばかりなのに、糸が逃げ出すようなものである。

「それは誰もが理解してるから、レオン様がどうにかするでしょ。どちらかというと、王子様と婚約したらどうすればいいのかの方がわかんなくない？　王様と会うの？」

「そ、そうだった。王様なんかに会わなきゃいけないの？　王族の皆様ってドロドロしてて嫌なんだけど。レオン様の家庭環境は最悪なのよ？　長男を産んだ最初の王妃様が亡くなって、次のレオン様を産んだ二番目の王妃様も亡くなって、今の三番目の王妃様は最初の王妃様の妹で、長男を可愛がってレオン様を冷遇させてたのよ」

　ジュナの顔が引きつった。

「お父様のことも取り上げて、長男の師にしようとしたぐらいよ。お父様なりに頑張って王様に訴えて断ったらしいけど」

　レオンは早い内に騎士の道を選んで爽やかな王子様になったが、王室全体は爽やかな風など吹いてはいない、ひどく淀《よど》んだ場所である。

「最悪すぎて、レオン様のクロード様好きが理解できたわ。実の父親みたいに慕ってるように見えたけど、それが正解だったってことかしら」

ジュナは言う。何も知らない人から見ても、慕っているのは明らかなようだった。

「あの王子様がエラ様を幸せにしようって気持ちは理解できたけど……あたしらにとってはエラ様がレオン様を受けられるかどうかが一番大切なんだけど、そのところはどうなの？」

ジュナに聞かれて、エレオノーラはぴたりと動きを止めた。

確かにレオンに対する『なぜ』ばかりを口にしていたが、それは口にしていなかった。

「……い……嫌じゃない……から、困るのよ」

彼は親しくした女の子の心を次々と奪っていった爽やかな騎士だった。憧れだった。憧れないのは無理がある。信頼されている父が誇らしくなるほどには憧れていた。

「よかった。まんざらでもないのね」

「だって、レオン様は数少ない、わたしが嫌なことを理解している人なのよ。お父様はいつもわたしに拒否感のないぐらいの可愛いプレゼントをくれたけど、レオン様が選んでくださってたのよ。そんなことされたら、憧れても仕方ないでしょ!?　でも、ただ憧れてただけだったのよ!?」

この部屋の雰囲気を見れば分かる。父には絶対に用意できない物だった。

「……あの王子様、分かりにくいエラ様を観察することで、観察力を伸ばしたりとかしてたんじゃないでしょうね」

「どちらかというとお父様に関わることをよく観察してたのよ。最初はお父様が認めている人しか信じてない子どもって感じだったわ。あの家庭環境で、命も狙われてたらしいから当然よ。相手に悪意があるかないかを見定めれなかったら生き残れなかったの。つまりあの方は、悪く言えば疑い深くて外面がいいの」

「外面だって分かってんだ。最初はクロード様のことも、人がよさそうだから利用しようと近づいたってところかしら？」

ジュナが複雑そうに言う。考えすぎるところはあるが、それでもあれだけ正義感が強くまっすぐ育ったのが奇跡のように思えるほど、昔の彼は疑い深かった。

「だからレオン様のことが嫌なわけではないけど……とっても複雑だわ。わたしが好かれる要因があるとすれば、レオン様が慕ってた男の娘だからってことだもの。わたし、父親似だし」

「……それは……複雑ねぇ」

ジュナも複雑な小心者の気持ちを理解して頷いた。

エレオノーラは父をよく知る人にこそ、男でないのが残念だと言われるほど父親似なのだ。レオンの好きな要素をエレオノーラが持っているのは事実だろうが、気持ちは複雑なのだ。

「ま、何にしてもしばらくはまったりと、体質改善をしましょう。難しいことは、落ち着いていない状況じゃ考えても無駄よ。エラ様が何か手伝おうにも無理だし、下手に動かれたら逆に足を引っ張るだけよ」

何か手伝おうとするたびに、いちいちどうすればいいか聞いていたら、手伝いではなくただの仕事の妨害だ。落ち着いているなら許されるが、今は戦後処理で誰も彼も忙しいのである。

「その通りね。今のわたしにできるのは胃を小さくすることだけよね」

「言い方はおかしいけど、間違っちゃいないわね。政務を手伝えって言われたらあたしにも無理だし。新しい施設を建てるとかなら手伝えるけど」

賢い彼女にも向き不向きがあるのだから、凡人は待つことだけが正解だと理解できる。ただし待った先のことを考えると、体型は最低限でも維持しなければならない。領王になってからぶくぶく太りだしたら、豪遊していると勘違いされかねない。

「あぁ、考えたくない。考えなくても一緒だから、考えなくてもいいわよね？」

「して欲しいことがあれば向こうから言うだろうし、今は考えても無駄でしょ」

ジュナにも肩をすくめて同意され、少し安心する。今は何も考えずに、地上の生活に慣れることだけを考えても許されるのだと。


などと思って一週間経《た》ち、エレオノーラは深いため息をついた。

少しだけ慣れてきたとても素敵な青い部屋。まだ自分のものだという実感はない。自分の物だと思えるのは、運び込まれたぬいぐるみ達が並ぶチェストの上だけだ。彼らは仲良く並んで違和感なく部屋に溶け込み、部屋に可愛らしさを与えていた。それを広げていけば、いつか自分の部屋だと思える日が来るのだろう。

しかしそれよりも逼迫《ひっぱく》した、どうしても慣れないことがある。

「ジュナぁ、お腹すいたぁ」

頭が重くてソファで横になり、様子を見に来たジュナに愚痴をこぼす。

ここ最近は空腹だったことがなく、どうしても空腹が気になってしまう。

「小腹が空いたぐらいなら我慢しなさい。それで食べてたら豚になるのよ」

「わかってるけど、口寂しい。口寂しいからってミントを噛むのも飽きたわ。一週間経つのにぜんぜん胃が小さくなった気がしない。昔はどうしていたんだっけ？」

空腹を紛らわす努力はしているが、それでどうにかなるなら愚痴をこぼしてなどいない。

「お腹がすいて力が出ない。身体がだるい。頭がふわっとする。針を持つと手が震える」

「普通よりは多いぐらいの食事だからそんな症状出ないと思うんだけど……指示した順番通りに食べてる？」

「そうしてるわよ」

「そう……エラ様は普通じゃないから……そういう時用の間食も用意しましょうか。あたしがよく食べてる干しリンゴでも食べる？　もう少ししたら桑の実とか成るんだけど」

葉っぱでない固形物なら何でもいい。そう思い顔を上げようとしたが、首に掛かった重みに負けて倒れ込む。

「それは嬉しいけど、ジュナが持ってきたアクセサリーが重くて首と手が重い」

「品質の高くない魔鉱石は重いのよね。実用性考えたらそれで十分だから、貴人向けの軽いのがないのよ。でも、頭が痛いのは肩こりが原因かも。ちょっと考えるわ」

魔術師が用意したネックレスやブレスレットは、意味があって身につけさせられているらしい。しかし楽を覚えた身体にはこれがとても重かった。意味があるから、寝ている間も外せず、とにかく肩がこるのである。

「知らない間に筋力も落ちたのね。小食ですむようになったら、さすがにちょっと運動しないと」

「そうね。今からでもお腹がすかない程度、散歩ぐらいはした方がいいと思うわよ」

「今からはきついんだけど。でも、ただお腹がすいてるだけだから、ジュナ以外に愚痴れない」

「まあ、そう表現しちゃうと甘ったれたように聞こえるけど」

普通の環境に慣れることに専念しているだけなのだから、散歩が増えて辛いなんて言っているのを聞いたら『なんて怠惰な』と陰口を言われても仕方がない。

「しかも、レオン様はわたしがごろごろしている今も書類や利益を狙って訪ねてくる魑魅魍魎《ちみもうりょう》……お客様と戦っているの。下手にわたしが対処したら、侮ってろくでもない交渉をされて、結局レオン様の手を煩わせるわ」

「そうね。そのせいでろくに顔を合わせられないぐらい働いてるのに、仕事を増やされたらたまったものじゃないわよね。体力のある若者じゃなきゃ倒れてもおかしくない働きぶりだもの」

レオンはジュナが来る前に一緒に朝食を食べに来て、ジュナが帰ってから就寝の挨拶をしに来る。それが婚約したことになっている一つ屋根の下に住む男との交流のすべてとなっていた。

蔑《ないがし》ろにされているのではなく、本当に忙しい中、睡眠時間を削って顔を見に来てくれているのだから、むしろ大切にされている。時間を割かせて悪いことをしているような気分にすらなる。

「……水でも飲んでればいいのよね。ハーブ水にも飽きたけど。リンゴの皮でも入れて風味付けしてもらおうかしら」

エレオノーラは水差しに手を伸ばした。その時、部屋のドアがノックされた。

「エラ、いるかい？」

「え、レオン様？」

今まで昼間に部屋を訪ねてきたことがなく、エレオノーラは驚いた。

「今日は来客の対応の仕方を変えたから、仕事にきりがついたんだ。商人がいい果物を持ってきてくれたから、一緒にお茶でもと思って」

仕事から解放されたためか、声が明るかった。

「それはぜひ。エラ様もちょうど何か食べていただこうと思っていたので、果物なら歓迎です」

ジュナが勝手に返事をして、エレオノーラは慌てて身体を起こし、すくっと立ち上がる。すると頭が痛くて、世界が回った。

「あっ」

ソファにもたれるように倒れると、ジュナが駆け寄った。

「ちょ、いきなり立つと危ないわよ。やっぱり動かなすぎはよくないわね」

ジュナはエレオノーラの顔をのぞき込んで言う。

身体が重かった。足が、手が重くて、力が出ない。頭が痛く、腹の中で何かがうごめいているような、そんな感覚。

ふと思い出した。昔、体調のよかった時の事を。

部屋の外から動揺の声が聞こえ、ドアが外から開かれる。

「エラ⁉　ジュナさん、エラはどうしたんだ⁉」

「立ち上がったら急に倒れて。そんなに重かったかしら」

困惑するジュナは、エレオノーラの首に掛かったネックレスを持ち上げた。

「ち、違う。どうしよう、この感覚、昔の感覚だわ。昔の、塔に入る前の！」

「え、こんなに魔力を食う魔導具つけて、たった一週間しか塔から離れていないのに？　嘘でしょう⁉」

ジュナが焦ったようにエレオノーラの額に手を置いた。

「どういうことだ？」

「命や健康に支障はないからご安心を。どなたか、研究所の近くの医院からお医者様を呼んできてください」

ジュナは近くでおろおろしていた護衛の騎士に声をかけた。

「エラ、大丈夫か？　ひとまずベッドに」

レオンがエラの背に手を回して言う。

ベッド。横になっていれば多少は楽になったり、心地よく包み込んでくれたりするエレオノーラが好きな場所。しかし、辛かったことを思い出す場所でもある。

「このままじゃ昔みたいに太ってしまう⁉」

エレオノーラは血の気がひくのを感じ、頬を両手で挟んで半狂乱になった。

「いや、心配するのはそこなのか？」

騎士の誰かが呟いた。聞いたことがある声なので、同郷の誰かだ。

「切実な問題なのよ」

思わず言い返すと、レオンのため息が聞こえた。

「支障はないというのは本当のようで安心したよ。ああ、びっくりした」

訪ねた相手が倒れたら、驚くのは当然だ。元気だと立ち上がりたいが、一度力が抜けた身体はしばらく元に戻りそうになかった。

「ご心配をかけて、ごめんなさい」

「謝ることはないだろう。君は元々身体が弱いんだ。すぐに医者が来てくれる」

医者が来て、どうにかなるのだろうかと首をひねる。

昔は誰が何をしても、どうにもならなかったのだ。塔のような神の力を借りるための装置に組み込まれて、初めて『普通』を知ることができたのだから、人間の力でどうにかなるとは思えなかったのだ。

(ん？　ということは、人間の力でどうにかしなければいいってことじゃない？)

「レオン様……塔に。どうか、塔に行かせてください」

「塔に？　いや……確かに……でも」

「そうか。その魔導具で足りないなら、それが一番手っ取り早いわね！」

エラの懇願にレオンは戸惑い、ジュナは目を輝かせた。

「どうして塔なんだ」

「そりゃあ、エラ様のその症状は魔力過剰が原因だと思われるからですよ」

ジュナの言葉に、レオンは眉間にしわを寄せて戸惑った。

2章　最初の仕事

ちちち、ちちち。ちちちち、ちち。

心地よい小鳥のさえずりが聞こえた。ふわふわした意識が、少しずつ上昇する。

心地よい目覚めまであと少し、そんな時だった。

「エラ、エラ。まだ寝ているかい？」

男の声とノックが聞こえ、エレオノーラの意識は一気に浮上した。

驚いてぱちりと目を開けば、懐かしさを覚える見慣れた天井。少し視線をずらせば見慣れた窓。数日ぶりの可愛《かわい》らしい小鳥。

「……そうだった。久しぶりにここで寝たんだった」

「エラ、起きたのかい？　体調はどう？　辛《つら》くはない？」

「殿下、エラ様は朝に弱いので、もう少し待ってください」

男の声はレオンのもので、ジュナが彼を止めてくれていた。防音された状態が長く続いたため、部屋にいて外の声が聞こえるのが少し不思議だ。

エレオノーラは素早く立ち上がり、屈伸して飛び跳ねてみるがめまいはしない。昨日《きのう》までの重さ、頭痛などは一切ない。寝る前までは光っていた中央の石も、今は落ち着いて普通の石のように大人《おとな》しくしている。

「はい。大丈夫です。すっかりよくなりました」

報告すると小さく安堵《あんど》する声が聞こえる。その間にさっと着替え、髪を軽くとかし、スカーフで髪を隠してからドアを開いて顔を見せる。そこにはレオンとジュナと、顔見知りの研究者数人がいた。

「まさか、本当に魔力過剰症だったなんて。昔から対処していたはずなのに」

レオンは元気になったエレオノーラを見つめ、解せぬと顔をしかめる。

「だから気付かなかったんですよ。でもこの塔で自然回復が追いついていたんですから、常識の範囲で用意した備えで消費が追いつくはずないというか。あたしもてっきりストレス源から離れて身体《からだ》がよくなったんだと思ってました。病は気からって言いますし、お腹《なか》が楽になったっておっしゃっていたので」

「わたしも今回のは、てっきり食事を変えたのとか、この重いネックレスや、枕《まくら》が合わないとかで肩こりになったのだと思っていたわ」

レオンは反対するかと思ったが、エレオノーラの懇願に負けてすぐに塔へ戻してくれたのだ。

そして一晩魔力を吸わせて身体が楽になった結果、エレオノーラは自分が長年どうして身体が弱かったのか、その理由をはっきりさせることができた。

「だが、こんなにやつれてしまった塔に居続けるのも……」

「やつれてません。こんなにまだ肉が余ってるのに！」

落とせるなら落としたい肉がまだまだあるのにやつれているなど、以前のエレオノーラはどれだけ太っていたというのかと怒りを露《あら》わにした。

「エラはまったく太っていないだろう。とても魅力的だ。騎士の家系だから骨格がしっかりしているから痩《や》せて見えにくいだけで、むしろもう少し肉がついてもいいぐらいっむぐ」

「殿下、だから女の子に体型の話はだめですって！」

「そうですよ！　美点だと思っててもだめなんですよ！」

なぜか力説するレオンの口を、背後から騎士達が塞《ふさ》いで言い聞かせる。

「そ、そうだな……ごめん」

何が悪かったか理解していないで謝る彼に、エレオノーラはぷくりと頬《ほお》を膨らませてしまう。

彼は見た目を気にしないようなので、健康なのが一番いいと思っている。しかし不健康でないなら、限界まで減らしたいのが乙女《おとめ》心だ。

「エラ様、すねないでくださいよ。これで魔力過剰症なのが確定したんだし」

「そんな病名がついているほどよくあることなの？」

「滅多にないけど、たまにあるわ。自分の魔力で体調を崩してしまうのよ。エラ様みたいに魔力があるのに魔法として発散できない人がよく発症するわ」

つまりエレオノーラのような体質の人間に起こるのだ。

「治療は難しいの？」

「まったくそんなことはないわよ。普通はめまいぐらいだし、魔力を必要とする魔導具を身につけて少し魔力を抜けばいいだけだもの。魔力を注いで灯《とも》るランプを与えれば治るって言われている程度の症状よ。普通はその程度で改善するの。そういう認識ですよね？」

ジュナはレオンに問いかけた。レオンは彼女の一瞥《いちべつ》を受け、複雑そうにため息をつく。

「ああ。クロードが試しに色々と与えたが、まったく改善しなかったから別の原因があるのだろうと。守りの塔で快適なら、焼け石に水以下の効果だったんだな」

彼は少し落ち込んでいるように見えた。今まで真実に気付けず、それが判明した理由が塔であったため複雑なのだろう。

「わたしも実家を離れて心穏やかに過ごしてたからだと思っていたのに、まさか違ったなんて」

「でも、色々と与えられていたって割には、エラ様が塔に来る時に身につけていたのは二つだけでしたよね。実家に置いてきたんですか？」

彼女はエレオノーラが持ってきた物をすべて知っているから、その疑問は当然だ。

「ああ、お母様に取り上げられて、妹にあげてしまったのよ」

エレオノーラがため息をつくと、皆が絶句した。

「と、取り上げるだって⁉　どうして⁉」

レオンが声を荒らげてエレオノーラの肩に手を置いた。

「効果がないなら、似合わない物を持っているのはただの贅沢《ぜいたく》だから妹にあげなさいって」

レオンが眉間《みけん》にしわを寄せた。彼は妹のことは嫌ってはいなかったが、母のことはあまり好きではないようだった。その気持ちは大きくなっただろう。

「それ、下手《へた》したら妹さんが倒れるんじゃ……？」

テオが不安げに問いかけてきた。騎士に交ざって彼もいたのに今気付いた。

「平気だと思います。自分も買って欲しくてずるいって言ってただけなのに、自分の趣味じゃないお古をもらっても使う気にならないでしょうから」

「なるほど。娘達を理解していないのか。レオンが警戒するのもわかったよ」

「悪い人ではないんだ。娘の最善のために行動して、いい物を与えようとはしてるんだ。娘達の見た目に合わせてしまって、本人達の好みを無視するんだが」

テオは頬を引きつらせた。

幼い頃《ころ》から原因が分からない体調不良で、母からは嘘《うそ》つきのように言われていた。理由があったと知っても『治療してやっていたのに効果がなかったと言うなんて、こらえ性がなくて思い込みの激しい子ね』とか言う母親なのだ。

「でもよかったじゃない。これでしばらく、エラ様の痩身部屋《そうしん》は、エラ様の治療室として現状維持できるんだから」

塔を廃止されるんじゃないかと危惧《きぐ》していた研究者達は、ジュナを筆頭に喜びを隠せないでいた。彼らはこれを維持ではなく完成させたがっているのだから。

先ほどからレオンが複雑そうな顔をしているのも、エレオノーラの長年の体調不良の原因に気付けなかったこと以外に、塔の維持と魔術師達の喜びようも一因であるのは間違いない。

「でも、また塔を稼働させていたら皆を不安がらせない？」

彼らは戦《いくさ》が終わったことを喜んでいるが、それがいつまで続くかと不安も持っている。理想は『いつでも稼働できるけど、稼働する必要はない』状態を維持し、正常に戻ったような空気を生み出すことだ。しかし頻繁に動かしていては何かあるのではないかと疑う者も出てくるはずだ。

「そこは正直に話せばいいのよ。魔力をたくさん使う生活をしてたら、魔力が鍛えられてしまって普通の生活ができなくなったって。前の状況を知ってるから、みんな信じるわよ」

「そ、そう？　不安にならないかしら？」

「攻撃の手段なわけじゃないのだから、ならないわよ。それに長期間完全に止めてると再稼働が大変だし、エラ様にとっても負担が大きくなるわ。いつでも動かせる程度に魔力を注いで、塔を待機状態にしておけるならその方が市民も安心よ。エラ様の身体にも負担がかからないし、余剰分はあたし達が実験に使えて、みんなも安心。殿下も、それでよろしいですか？」

とジュナは笑って少しの嫌みを含ませて問う。

「そう……だな。エラの治療ができるような道具はここにはない。一番安全で確実なのは、この部屋だろうな」

レオンは苦虫を噛《か》み潰したような顔をする。ひっそりと忘れさせたかった戦の象徴を稼働させ続けなければならないのは、大きな誤算だろう。

「あと、エラ様はもう少し体力をつけないと。多分、動くと身体がだるいからって横になるのがよくないのよ。魔力過剰症になりやすいのは、貧弱な人。身体を鍛えると魔力の影響を受けにくくなるのよ。辛くても少し我慢して運動なさいな」

ジュナの指摘にエレオノーラはぎょっとし、レオンはぱっと顔を輝かせた。

「なるほど。それで改善しなかったのか。では体力作りに歩くのはどうだろう」

「それがよろしいかと存じます。エラ様に激しい運動は無理ですし、人並みに体力をつけるなら歩くのが一番でしょう。まずは徒歩で帰ってここからどれだけ歩けるか確認しましょう。それに、お二人が顔を見せて回ればみんな安心するはずです」

今まで仲がよくはなかった二人が、急に接近して話し出した。二人は合理的なので、目的が同じなら手を取り合えるのである。

「そ、そんな……ごろご……ゆったり過ごせると思ったのに」

まさかいきなりそこまで本格的な運動をさせられるとは思わなかった。希望とは通らないものなのだとつくづく身にしみた。落ち込んでいると、なぜか一緒に来ていたシェリーがエレオノーラの前に折りたたみの椅子《いす》とテーブルを広げた。メイドのような姿をしていたのは初日だけで、今は清潔だが普通の服を着ている。

「その前に朝食はいかがですか？　エラ様の好きな干しイチジクのスコーンを焼いてきましたよ。今の薬草での味付けが完成したばかりだって言うのに、また調整しなきゃいけなさそうですけどね。エラ様が元気になるなら頑張りますよ」

エレオノーラは喜びで顔をほころばせた。色々な薬草も入っているが、それでも美味《おい》しいのだ。こんなことができるのは彼女だけで、彼女は生きる希望だ。

「なんて素敵！　わたしを甘やかせてくれるのはシェリーだけだわ」

「本当に気が利くわね。空腹時の運動はよくないもの。どれぐらい体力があるか確認するにも、腹ごしらえが必要だし、食後しばらくしてから歩きましょうか」

ジュナがにこにこ笑いながら言う。

本当に体力の限界まで歩かされるのだと気付き、エレオノーラはやけっぱちになってスコーンを食べた。

エレオノーラは首を傾《かし》げた。世間知らずで、人々のことなど理解していない自覚はあるので、他人の行動に対してある種の覚悟を持っていたつもりだった。

しかしそれでは足りないほど、他人の行動というのは理解できないものだと実感した。

現在、ジュナに宣言されたとおり屋敷に帰るために歩いている。

レオンとジュナが両隣を歩き、エレオノーラが乗るはずだった馬車は少し後ろをついてきて、その間に騎士数人とテオが歩いている。騎士達が各自ほどよく距離をとって前や後ろにいるが、近くにいるのは昔なじみばかりだった。

そこまではいいのだ。実は騎士達の間に、ちらほらと異質な存在が紛れているのだ。

「エラ様は本当におきれいね！」

「髪がキラキラで、お肌は真っ白で、女王様みたい！」

騎士達の隙間《すきま》を埋めるようについてくるのは、近隣に住む女の子達だった。

まだ幼い彼女達は列を作っていると交じりたくなるのかもしれないが、それにしても会話がおかしいのだ。

「え、なんで女王様？　普通お姫様とかではないの？　わたしってそんなに老けてる？　それとも雪の女王？　いくらなんでもそこまで冷たそうではないわよね？」

父親に似て少し厳《いか》つい顔立ちをしているらしいが、少しだけのはずだ。

「いや、ここは三代前の女王陛下の生地なのよ。名君だったでしょ。それで女王様は女の子の憧《あこが》れで、エラ様も子ども達の憧れだから女王様なんじゃない？」

なるほど、と納得しかけたが、すぐに眉間にしわを寄せた。

「憧れ？　わたしに？　どうして？」

憧れられる覚えがなく、自分の隣を並んで歩くジュナに問う。

「故郷を守ってくれていた人だし、女王の血縁者だし、憧れるのは普通でしょ。あんな街の隅っこにある塔なのに、子ども達もよく感謝しに来てたじゃない」

「え、子ども達が来たのは、わたしがあげたぬいぐるみへの感謝じゃ？」

「それもあるけど、エラ様に感謝してたわよ。戦場も近い都市で、これだけ平和に暮らせているのが誰《だれ》のおかげなのか、分からない子はいなかったもの」

よく塔の近くまで来た人が手を振ってくれたのも、気がいい人達ばかりぐらいに思っていたが、その意味に気付きじわじわと羞恥心《しゅうちしん》がわいてくる。

「じゃなかったら、大人までぞろぞろついてきたりしないわよ」

そう、子ども達だけでなく大人もいたのだ。両手の指を往復をさせても数え切れないほどの数の大人が。そこへ新しく、何事だと近づいてきた老人は知人に話を聞く。すると、

「そりゃあ、あんな所にいたら体力も落ちるわ。体力作りで街の中を歩いてくださるなんて、さすがはエレオノーラ様だ。おれも負けてられねぇな。これからも安全に歩いていただけるよ

うに、変な奴《やつ》がいないか見回らねぇと」

　と言って散歩に参加したりしているので、情報は正しく広がっているようだ。そして見回りもしてくれるらしい。市民が健康になって、さらに治安がよくなるのはいいことである。

「騎士様、これをエラ様に渡してくれないかい？　あたしはそこの薬屋の娘で、塗ると筋肉疲労にいい薬なのよ。前にもらった鳥のぬいぐるみを娘が気に入ってね、ささやかだけどお礼だよ」

　と、エレオノーラがこの後筋肉痛になるのを見越して贈り物も託されている。

「エラ、大丈夫か？」

　エレオノーラが肩身を狭くして歩いていると、レオンが声をかけてきた。物をもらうのが申し訳ないなどと思う領主はよくないというのは理解しているため、エレオノーラはただ頷《うなず》いた。

「は、はい。まだ、平気です。昨日までは手足が重くて息苦しかったのに、今日はすっきりとしていますから」

　身体はすっきりしているのだ。軽やかで、疲れてはきているが昔のような足の重さがないのである。歩くのが楽しいという気持ちが少し分かった。

「魔力を発散しただけでそこまで回復を？　エラはひょっとしたら、本当はクロードみたいに身体を動かすのが得意な方なのかもしれないな」

　レオンが嬉《うれ》しげに言う。しかしどう考えてもそれは無理だ。

「今までも塔を上下していたので、この距離が歩けないほどではないだけで、父と比べられるのはちょっと……」

まだ帰路の半分も到達しておらず、腰を悪くした老女にだって歩けるのだから、エレオノーラが歩けてもおかしくはない。

「……塔を上下に……動いてよかったのか？」

「常に上にいた方が結界は安定するのですが、多少も移動できないと生活に支障をきたしますし。上にはないものも多いですから」

レオンが無言でジュナを睨《にら》んだ。エレオノーラはしまったと口を手で塞いだ。

「なんというか……エラ様は一人だけ今は絶対に会いたくないお方がいて、その方は殿下よりも会わせる理由があったりしますから、誰も通さないでくれと頼まれていたんです」

「……そ、それほどまでに……いや、あの人は……うるさいだろうな」

レオンは排除されていたことが悔しいらしいが、母親に会いたくないのを理解してしまっているため、なんとも言えない顔をした。

気まずくなって、エレオノーラはジュナを見た。彼女は小さく頷いた。

「で、でも、エラ様だから、少し歩いたらすぐに座り込むかと思ってたわ。こんなに歩くなんて、えらいじゃない」

「こんなに後ろから人がついてきてるのに、この距離で止まったら心配されるじゃない。そうしたら疲労回復だけではなく滋養強壮にまで気を使われてしまうわよ」

苦い葉やら根やらを贈られてしまう。エレオノーラは今でもそういった物を食事に混ぜられる。シェリーが調理してくれる前はそれが悩みだったほどだ。手間暇を惜しまないシェリーのおかげで、苦みを抑えて口当たりもよくしてくれているので辛くはないが、彼女がいなかったらどうなっていたか分からない。

「エラ様、そういうところで心配性になったり、我慢しちゃうのはどうかと思うわよ。若いんだから、わがままにならなきゃ。数少ないわがままが『苦手な男と結婚したくない』と『苦いのは嫌』なんてあまり健全じゃないわよ」

ジュナは頬に手を当てて、ちらりとレオンを見る。すると彼も深く頷いた。

「薬はともかく、結婚のことはどう考えてもそれは母君が悪いし、家出をする前に身内の大人に泣きつけばすんだことだったんだ。君を差し出すなら、もっと利益をもたらす相手がいたからな。それすらしないで自力でどうにかする方法を選ぶなんて無謀すぎる。君が塔の上にいると知った時、俺達がどれだけ肝を冷やしたことか」

遠方にいるはずの亡くなった上司の娘が、戦場近くの要職についていていたら、誰だって驚くはずだ。しかも面会ができなかったのだから。

「クロードの教育方針に口を挟むのはと思って黙っていたが、やはりもっと甘やかすようにと口出しすべきだった」

わがままと言われて育ったため、信じられない言葉だ。

「おかしいわ。甘やかされて育ったし、わがままを言っているつもりだったのに」

それなのにここに来てから、皆がもっと甘えろ、わがままを言えと言う。

「エラのわがままは、功績に釣り合ってないんだよ。手を抜いてもいいのに、ちゃんと歩けるところまで歩くなんて、育ちのいい女性はなかなかしてくれない。彼女らは歩けるのに、か弱さを演出するためにふらついて縋《すが》り付いてくるんだ」

そういう女性はそれを求められるからそう演じ、さらに言うならレオンと馬に相乗りしたかっただけだ。彼は優しいから、流されてくれる可能性を信じたのだろう。

「騎士様、これをエレオノーラ様のお部屋の近くへ置いてください」

「これは野鳥用の餌《えさ》台ですか？　エラさんは鳥好きだから、毎日癒やされそうですね」

追加される新しい贈り物に、エレオノーラはふと思い出し、持ち出した荷物を持ってくれている馴染《なじ》みの騎士に声をかけた。

「あの、ニックお兄様。荷物の中にいくつかぬいぐるみがあるのだけど、もらってばかりじゃ心苦しいから、小さな子がいたら差し上げて」

「エラは真面目《まじめ》だなぁ。贈り物は感謝の印だからそんなに気にしなくていいんだよ。今まで通り、名指しであげたい子以外は、孤児院の子にあげればいいいんじゃないか。みんな喜んでる。あ、俺の作った木のオモチャも受けがいいんだぜ」

暇で作ったぬいぐるみの行き先は知っていたが、喜んでいると聞くと嬉しい。

「そうだ。今度孤児院に遊びに行ってやろうぜ。きっと喜ぶからさ。いいでしょう、レオン様？」

「そうだな。距離的に歩いて行くのにちょうどいいし、エラもいい気晴らしになるだろう。慰問は新しい領主として初めての仕事に相応《ふさわ》しいしな。市民と交流のきっかけにもなる」

レオンの案は素晴らしいものだった。領主の仕事と聞いて顔をしかめかけたが、慰問というのは難しくないのに聞こえのいい仕事である。まだ実感のないエレオノーラはそれぐらいから始めるべきだ。レオンはそれをよく分かっている。

「孤児院にエレオノーラ様が来るの？　すごーい」

「きっと喜ぶね！　綺麗にしとくように教えてあげなきゃ！」

近くにいた別の少女達は、きゃっきゃと嬉しげだ。彼女達のその反応はとても自然で、本当に歓迎を受けているようで悪い気はしなかった。

「……でも、この年で初めてちゃんと仕事をするなんて、呆《あき》れられないかしら？」

エレオノーラは子ども達に聞こえないように、そっとジュナに問いかけた。

エレオノーラができの悪い領主なのは間違いないが、実態を知られて子ども達にがっかりされないか不安になる。しかしレオンがその疑問に反応し、耳元に口を寄せて囁《ささや》いた。

「いや、塔の上にいたのをちゃんとしてない仕事だなんて誰も思ってないからな」

彼は心底困ったような顔をしていた。

「塔の中から出ない生活ってだけで、けっこう無茶な仕事だぞ？　短期間なら楽かも知れないが、君は年単位なんだぞ？　普通の人には大分苦痛だぞ」

レオンが諭すように言う。

「君が不安に思うのは重々承知している。確かに引きこもっても苦ではないが、外が嫌いなわけでもない。もちろん近いうちに客人を迎えるぐらいはしなければならないが、それも辛い仕事にはさせないからな」

知らない人を持て成すのは得意ではないが、仕方のないことだ。レオンがいるなら、どうにかなるだろう。

「そういう仕事らしい仕事だけじゃなくて、遊びのようで人の役に立つ仕事だってたくさんある。できるだけ君に楽をさせるために、俺達がいるんだ」

そのための婚約とも言える。エレオノーラの婚約者でなければ、彼がオルブラに介入することに口を挟む者もいただろう。婚約しているから王子と騎士達が我が物顔で介入できるのだ。

「そうだぞ。俺達の大半は今でこそ王子に仕えてるけど、元々はクロードおじさんに仕えてたんだから、エラを助けるのは当然だ。今や俺はエラの保護者枠だしな」

父が慕われていたというのは知っているが、誰も嫌な顔一つせず、肯定するように笑っていた。

「おいニック、遠い親戚《しんせき》だからって兄貴ぶるな」

「殿下、身内に対して嫉妬《しっと》するのはいかがなものでしょうか。ハトコはそこまで遠くありませんし、俺はエラが生まれた時から知ってるんですから、兄貴分なのは本当なんですよ。『お兄様』って呼ばれてますし」

レオンはなぜかうぐっと言葉に詰まった。

気が置けないやりとりに、エレオノーラの胸が少し軽くなった。

◇◆◇◆◇◆◇◆◇

エレオノーラはため息をついた。

自分の体質と対処法が確実になってから数日後。エレオノーラが外に出るためには様々な準備が必要で、ただ孤児院に行くためにそれなりの準備期間を要した。

散歩という名の見回りをするにあたって、エレオノーラはまず上下に分かれた動きやすい赤い服を身につけた。エレオノーラの雰囲気に合う程度に上質な生地で仕立てたジャケットとスカートだが、少し可愛らしくあまり太って見えないようにしてもらった。ちゃんと似合うので、エレオノーラをよく理解している服だ。

足下は、靴屋を招いて歩きやすい靴を用意してもらった。

そして最低三人の護衛がエレオノーラの体力作り（散歩）のお供とすることが決められている。

「三人はちょっと過保護じゃないでしょうか？」

と、エレオノーラが尋ねたのは、護衛の一人と自称する、護衛対象であるレオンだ。もちろん護衛の三人には含まれていない。

「一応、この前まで戦争をしていたし、君がいると都合が悪い人もいるしね。無防備でいるとさすがに狙《ねら》われるから、無駄な争いを生まないために護衛は必要だ」

相続した額は莫大《ばくだい》だ。狙われても不思議ではないが、狙うような輩《やから》にこの座を明け渡しては多くの人が不幸になる。エレオノーラが相続するならレオンにとって都合がいいという意味は、そういうことだ。命が狙われるかもしれないからと、投げ出すという選択肢はとりたくない。

「それに騎士を引き連れて歩けば治安がよくなる。君の体力も向上して、それを見習って老人達も元気だ。いいことしかないだろう」

「なるほど……」

先日も老人が見習おうと言っていたので、市民の健康には貢献できるようだ。

「さて、到着したぞ。ここがエラが寄贈を続けた孤児院だ」

そんなつもりはなかったが結果的にそうなっていた孤児院は、街全体から感じるのと同じような歴史はある建物だった。普通の家とは雰囲気が違い神殿に近い施設といった雰囲気だが、街中に溶け込んでいるのだ。ハーブガーデンは見栄えよく、庭の隅にある木は柑橘《かんきつ》類だろう。

「よく手入れされた、素敵な庭ですね」

エレオノーラの故郷は緑が深い場所だから、野性的な美しさを誇った庭だったが、この庭は小さな中で計算し尽くされたような庭だった。

「すてきだって」

「やったね」

どこからか、子どもの声が聞こえた。エレオノーラがその姿を探すまでもなく、茂みの中や建物の陰、建物の中に子ども達がいるのが見えた。法で定められているため、親を亡くした子ども達は保護されることになっているが、その保護の質にも大きな差がある。彼らの表情に大人を怖がるような暗い色はなく、病的に痩せている子どももおらず、しっかりとした庇護《ひご》を受けているようだった。

「あら、可愛らしい妖精《ようせい》さん達がこんなにたくさん隠れていたなんて、驚いたわ。おはようございます」

エレオノーラが話しかけると彼らは肩を跳ね上げた。

「お、おはようございます」

子ども達は背筋を伸ばして、口々に朝の挨拶《あいさつ》をしてくれた。中にはエレオノーラが作った覚えのあるぬいぐるみを抱えている子もいる。少し薄汚れて、洗われた形跡がある。本当に大切にしてもらえているようだ。

「くろーどさまっ」

エレオノーラが安心していると、その中の一人がエレオノーラの腰に抱きついた。

「あら、お父様のお友達かしら？」

エレオノーラの顔立ちは父に似ている。特に今日《きょう》は、父がよく着ていたのと同じような色合いの赤い服を着ているから、記憶を刺激されても仕方ない。

「こ、こら！　領主様の服が汚れるっ！」

我に返った老齢の女性が、慌てて彼女を引き離そうとした。彼女がこの施設の責任者か、それに近い立場の者だろう。

「大丈夫よ。この程度では汚れないし、汚れたって、この服はいつか転んで泥だらけになる前提の服だから」

「それにしても、抱きつくなんて。甘えたい年頃《としごろ》でして申し訳ございません」

「この年頃の子どもはそういうものでしょう」

エレオノーラはぎゅうとしがみついてくる彼女の背中をぽんぽんと叩《たた》く。親戚が集まれば、子どもの面倒を見ることも多く、訳がありそうな子にも多少は慣れている。

「それは、三番通りの仕立屋のおばちゃんの服ですか？」

遠巻きから見ていた別の子に声をかけられる。エレオノーラはその通りがどこなのか分からず、レオンを見上げた。

「ああ、エラが外に出たら着てもらうために仕立ててくれていたそうだ。エラの美しさを損なわないのに、細やかな刺繍《ししゅう》が年相応の可愛らしさも引き出している」

「うん。エレオノーラ様、とってもステキ」

子どもの素直な賞賛に、エレオノーラはくすぐったさを覚えた。このように褒めてくれたのは、父と一部の身内とレオンだけだった。

「エラの服を他《ほか》にも頼んだが、子どもの目から見てもいい服を作るなら安心だな」

すると彼らは嬉しそうに頷いた。知っている人が王子様に賞賛され、自分達を信じてもらえば嬉しくないはずがない。

その仕立屋には普段着から、訪問着、夜会服など必要な分を一通り用意してもらっているらしい。人前には出ない部屋着のような簡単なものなら自分で仕立てることもできるのに、縫い物は贈り物と娯楽だけにし、職人に任せようと説得された。

「細工師のおじちゃんも、領主様に感謝の贈り物をしたって」

「ああ、エラがつけている髪飾りだな。銀細工はエラの金髪によく映えるだろう」

「うん。髪もキラキラで、女王様みたいにとってもきれい！」

侍女達が手入れをしてくれたおかげで髪は艶《つや》やかで、恥ずかしい思いはしなくてすんでいる。

「靴屋のおっちゃんもエラ様に献上できるものが作れるって自慢してます」

レオンが手近な職人に依頼する理由が納得できた。贅沢でも、領主としての尊厳を守るためだけでもないのだ。

(自分達がいるのに、よそで作った物ばかり身につけていたらガッカリするものね)

己の作ったものを選んで欲しいという気持ちは理解できる。エレオノーラは物を作るのが好きだから、喜んでもらえなければ渡したくないし、いじけてしまう。

「仕立屋さんは美人の服を作るの楽しいって。それがエレオノーラ様だからうれしいって」

「そうか。エラの美しい身体が映える服は難しいだろうが、きっとやりきってくれるだろうな」

と、心底楽しげにレオンが言う。彼は自分の計画が順調だと喜ぶ人のようだ。彼のそんな姿を見たことがなかったので、新しい発見だ。喜んでいる理由がエレオノーラを立派な領主に仕立て上げる下準備であることが複雑な気持ちになるのだが。

「王子様……むっつりなのかと思ってたけど、意外と開けっぴろげだよね」

「レオン様は、あれだ。初恋の相手と結婚できるから浮かれてるんだよ」

子ども達に囲まれたハトコのニックが、言葉を選んで説明する。

一瞬、ドキリとしてしまった。ニックが言う初恋の相手とは、この場合はエレオノーラのことになる。いくらエレオノーラが恋愛やそれに関する書物と縁がなかったとしても、それぐらいは理解できる。

しかし大好きな男の娘と結婚するのと、初恋の相手と結婚するとのとでは、まったく違う。

（他人事《ひとごと》だと思って適当なことを言わないで欲しいわね。こういう時、どうするのが正解なの？　そんな高度な誤魔化しをわたしに求めるのは間違ってるわよ？）

心のままに、動揺を表に出して頬を赤らめるのが普通だろう。しかし領主として求められているのに、普通が必要かと問われれば違う。

何をしてもエレオノーラにいいことはなさそうだから、今日は聞こえないふりをした。ここで何か言えるほど人生経験を積んでいない。苦手なことは見ないふりをし続けてきたから、こういった会話は逃げ出したいほど苦手なのだ。

「エレオノーラ様、この木陰で休んでください」

聞こえないふりをして手入れされた庭を眺めていると、女の子に手を引かれた。

「あら、ありがとう」

導かれるままに木陰に置いたベンチに座る。そこからは窓を開け放った孤児院の中が見えた。古い建物だが、大切に使われているのが分かる。大叔父は子ども好きだから、親を亡くした彼らに惜しみなく支援していたらしいが、それだけではなくオルブラ全体で支援しているというのも、よく手入れされた建物からなんとなく伝わってくる。

子どもばかりなのに玩具《がんぐ》が散らばっていないのは、エレオノーラが来ると聞いて大掃除をしたのだろう。少なくとも、この施設で一番景観がいいだろうこの場所から見える範囲を徹底的に。気を使わせてしまったが、汚れを落とすのはいいことだ。

眺めていると、棚の上に覚えのある鳥達を見つけて頬が緩んだ。

「あら、小鳥さんが並んでる。でも知らない子もいるわ」

「はい。木で作ったんです」

「素敵ね。塔の中で血が流れるのはよくないからって、刃物はハサミしかもらえなかったけど、木の細工も好きなのよ」

「エレオノーラ様、木工細工もするの？」

「大したことはしていないわ。ボタンに装飾がついていると可愛いでしょう？」

近くにいた女の子が抱えているクマにつけた飾りのボタンには簡単な彫刻が施されている。

「うん、かわいい！」

可愛らしい女の子が、可愛らしい物を持っているのを見ると楽しくて仕方がない。お揃《そろ》いの服を着せたりすればもっと可愛いだろう。

（贈り物の服なら作っていいのかしら？　人形だけで我慢すべきかしら？　身内でない子にそこまでするのは、平等ではないからよくないわよね）

悩ましいが、幸いなことに今はそれほど暇ではないので、悩むのは本当にすることがない時に考えればいい。

笑顔の下で考えていると、また別の子どもに声をかけられた。

「エレオノーラ様、イチゴはお好きですか？」

「イチゴ？　ええ、好きよ」

するとと皆はぱっと顔を輝かせた。

「みんなで森に行ってイチゴを摘んだんです。前の領主様も好きだったんです」

そう言って、三人の子ども達が蔓《つる》を編んだ大きなかごを持ってきた。近くにあったテーブルに置くと、それごとエレオノーラの前に運ぶ。中にはこんもりと野イチゴが積み上げられていた。

「こんなにたくさん？」

一抱えはあるそれは、子ども達全員で食べても十分な量だった。

「はい。最近は外は危ないからって森に行けなかったけど、今年は大人と一緒ならいいって、猟師のおじちゃん達と外に出たんです」

「そうなのね。まだ少し時期が早いのに、こんなにたくさん。みんなとっても頑張ったのね。すごいわ」

彼らは森に行ったのが楽しかったのか、誇らしげに笑っている。楽しくなければ、こんな表情は出てこない。少年騎士達が父に成果を見せる時もこうだったので、微笑ましい。

エレオノーラが微笑《ほほえ》むと、バラバラだった子ども達がさっと横に並んだ。どうしたのだろうかと思っていると、一人の少年が頭を下げ、それを合図に他の子も頭を下げた。

「エレオノーラ様、オルブラを守ってくださって、ありがとうございました」

「ありがとうございました」

「ぬいぐるみとか、キルトとか、すごくうれしかったです」

「嬉しかったです」

復唱の言葉もバラバラだったが、顔を上げた彼らの目はとても真剣だった。何かしたつもりがなかったので一瞬気後れしたが、ぐっと堪《こら》えて微笑んだ。

「喜んでもらえて、嬉しいわ。こちら、いただくわね」

覚えのないことで感謝されるのは気まずいが、子ども相手にそんなことを言っても傷つけるだけだというのは理解できる。

やるべきは感謝を受け入れ、その気持ちだろう野イチゴを遠慮なく口にすることだけだった。

甘みもあるが、酸味が強い。シェリーは蜂蜜《はちみつ》がたっぷりかかったヨーグルトやクリームを添えてくれたが、子どもの頃はそんなふうに甘やかしてもらえなかったから、懐かしさを感じた。

「ふふ、みずみずしくて美味しいわ。レオン様もいかが？」

「ああ。新鮮な果物は俺も好きだ」

エレオノーラがすすめると、彼は隣に座って野イチゴを口にする。

「うん。美味《うま》いな。酸味が強いから、蜂蜜でもかけたらもっと美味いだろう」

「はちみつはないです。ごめんなさい」

「そんなことはないぞ。なあ、ウィル」

子ども達に謝られると、レオンは顎《あご》をしゃくった。すると彼が昔からよく連れている従者が動いた。彼はなぜか壺《つぼ》を持っていた。

「近くに養蜂場があって、エラが外に出られた祝いにともらった物だ。皆が野イチゴ狩りに出ていると聞いて、土産《みやげ》に持ってきたんだ。甘い物は好きか？」

彼は自慢げにその壺を受け取り、子ども達に問う。彼らは目をキラキラと輝かせた。

あまりの手際のよさに少し驚き、頬が引きつらないようにするのに苦労した。

「い、いつもシェリーが使っている蜂蜜かしら。健康にいい蜂蜜だって聞いたわ」

細かな情報もすべて集まるのがレオンの元なので、彼なら野イチゴに合う物を持ってくるのは当然のことなのだ。

「それはエラ用に魔術師達が作り出した花園のものだな。同じ生産者だが、こちらはもっと自然な花の蜜《みつ》だ。たまには普通の蜂蜜も食べて欲しいそうだ」

「あの蜂蜜、薬の一つだったの……」

「もちろんエラ用だからといって、君一人のためじゃなくて、普通にこの街で薬として出回っているし、意外と効果があるらしいから、輸出用として考えている。植物を育てる魔術を、お手軽に使ってくれる魔術師なんてそうそういないから、よそより安価に作れているらしい」

エレオノーラは魔術師達を思い出し笑みを深めた。

「気さくでいい人達よね」

神聖魔法の使い手だからだというが、聖職者も高位になればなるほど気位が高く、技術の出し惜しみをするようになるのに、彼らは適切な対価を払えばお手軽に魔術を使ってくれる。地域密着型の研究者で、地元民の理解がなければやっていけないからだというが、そうだとしても彼らは親切だ。

「ほぉら」

レオンは蜂蜜と器を受け取り、たっぷりと注ぐ。子ども達は黄金に輝くそれを食い入るように見た。

「エラ、口を開けて」

レオンがとんでもないことを言い出し、驚いて彼の笑顔を凝視した。楽しそうに笑っている。作り笑顔ではなく、本当に心から笑って、裏などないように見えた。

「じ、自分で……」

「エラがつけると、絶対に少ししかつけないだろ。ほら」

レオンは野イチゴを蜂蜜に浸して、エレオノーラを促した。みっともなく動揺しかけたが、幼い視線が冷静さを与えてくれた。

「は、はい」

声が震えてしまったから、それ以上は何も言わず、えいやと思い切って口を開いた。その口

の中に、ひんやりとしたイチゴが入れられる。舌先に触れた蜂蜜がとても甘い。噛むと酸味が広がり、甘みと合わさって幸せが広がる。

「さっきより、もっと美味しいです」

レオンは満足げに頷くと、子ども達に視線を向けた。

「どれぐらいつければいいか分かったな？」

レオンはもう一度イチゴに蜂蜜をつけて、近くにいた男の子の口にそれを入れた。彼は口に含んだ瞬間、頬に手を当てて幸せそうに目をとろかせた。

「ほら、他の子も試してみるといい。この季節の蜂蜜が一番美味しいから」

レオンが誘うと、彼らは譲り合い、小さな子に食べさせてやったりと、落ち着いた様子で食べ始めた。皆が譲り合えるのは、ちゃんと自分にも回ってくると分かっているからだ。満足な食事を出されない粗悪な孤児院で育つと、このような余裕は生まれない。彼らは愛されて育てられているのだ。

「美味しかったです。ありがとうございました」

彼らはまるで用意してもらった物を食べたように行儀よく礼を言う。一粒ずつ食べて、まだまだたくさん残っているのにだ。

これはエレオノーラのために用意したものだから、自分達でたくさん食べてはいけないと思っているのだ。

エレオノーラは少し考え、周囲を見回して、普段から煮炊きをしているのだろう焚き火台を見つけた。

「まだまだたくさんあるし、せっかくだから、蜂蜜で煮て甘いジャムにしてしまうのはどうかしら？」

そのままでも美味しいが、酸味の強いイチゴは加工した方が美味しくなる。そして一緒に作れば、自分用を少し持ち帰り、残りは皆で食べるように言っても、エレオノーラが遠慮して食べなかったとは思われない。

「みんなジャムは好き？　わたしは大好きなの」

エレオノーラが問いかけると、彼らは頷いた。

「うん、すき。よくママ達が集まって作ってくれた」

「うちも」

子ども達は傷ついた様子もなく、にこにこ笑いながら言った。

「そうなんだ。うちはお父様が作ってくれたわ」

「え、クロード様が⁉」

大きな子ども達が激しく動揺した。

「ふふ。お父様はジャムとかドライフルーツとかよく自分で作っていたわ。わたしの実家はブドウやリンゴが多いの」

手軽に食べられ、長期保存できる美味しい物だから重宝するらしい。

その影響かエレオノーラも大好きで、シェリーはそれを理解してパンやおやつに入れてくれた。

「そうそう。おかげで俺達もそういうのが好きになってしまって、いつもドライフルーツを持ち歩いているんだ。去年なんて、野イチゴを自分で干したしな。だが、ジャムはさすがに作れなかったから、久しぶりだな」

レオンは皆の背を押すよう楽しげに言う。

「ふふ。レオン様も楽しみにされているわね。みんな、ジャム作りを手伝ってくれる？」

「うん。手伝う！」

懐かしさなのか、ただ楽しそうだからなのか、みんな積極的に手を上げた。

みんなで作ればよけい美味しく感じるだろう。彼らが大切にされているとは言っても甘い物はなかなか食べられないはずだ。だからこそレオンが用意してくれたのだから、それを最大限に生かすことぐらいは、エレオノーラにもできる。

「王子様は本当にすごいですね！　エレオノーラ様がジャムを作ろうって言うのも予想していたんでしょう？　ジャムを作るって聞いて、すごく嬉しそうでした」

「ふふ。分かってしまうか。収穫量を聞いて、少し多めに持ってきたんだ」

レオンが女の子とこそこそ話をしていた。

エレオノーラは戦を終わらせた男について、甘く見ていたことを自覚する。子どもが野イチゴを摘んでいると聞いただけで、ここまで用意できるからこそ、隣国の王子様が今この国にいて、戦も終わったのだ。

彼は来客の相手や、情報を精査するだけでも忙しいだろうに、そんな男が最近は食事の時だけはいつも必ず同席して、今日はこの訪問にまでついてきた。

怖いほど優しくて、怖いほど気が利いて、怖いほど何事もないようにやってのける。裏がないかと疑いたくなるほど、彼はいつも気が利き、成果を出す。

エレオノーラは凡人なので怖いと思ってしまうが、レオンに悪気はないようだ。少なくともエレオノーラに対しては、いつも裏はなかった。父のおかげで気にかけてもらえているだけだが、気にかけてもらえる程度に、彼には気に入られている。

それはちゃんとエレオノーラ自身への好意だ。彼のその態度は間違いなく本物だからこそ、幼いエレオノーラも彼に憧れたのだ。

この場合にもし裏があるとしたら、こうして人々に二人の仲を見せていることだろう。

二人は二年弱、会話すらしていなかったのにいきなり婚約したのだ。仲のよさを見せておくに越したことはない。

「レオンさまって、なんでもしっててるね。みんなでイチゴをとっただけなのに」

「きっとエレオノーラ様のためにがんばってるのよ。エレオノーラ様のために戦争を終わらせたぐらいだもん。ああ、すてきね」

子ども達が囁き合う。女の子の想像力のたくましさに戸惑いを覚えた。

「そういえばエレオノーラ様、今日は塔には行かないんですか？　大丈夫ですか？」

鍋《なべ》の準備を待つのをいいことに考え込んでいたエレオノーラは、女の子に問われ、はっと我に返って首を縦に振る。

「え、ええ。塔は毎日は行かなくても大丈夫なの」

ぼーっとして小さな子どもに心配をかけてしまうなど、いい年して恥ずかしい。

「明日《あす》行くんですか？」

「塔は明後日《あさって》くらいに行く予定よ。明日は……領内の主立った人と挨拶するらしいの」

そういうことになるとは聞いていたが、これほど早いとは思ってもいなかった。太っているとか、女のくせにと侮られないか不安で、塔の部屋に引きこもりたくなる。彼が会わせるなら、少なくともそういう人ではないはずという信頼がなければ、本当に引きこもっていたところだ。

エレオノーラが一番望まない生活を避けるには、我慢しなければならないと理解しているから、向き合うつもりだ。

「へー、りょーしゅさまってたいへん！」

小さな男の子がびっくりして口を手で覆っていた。

「主立った、偉い人？　太ってはげたひげの人達？」

「さすがに全員ははげてないだろ。でもみんな同じような髪型とヒゲと服だよな。顔や服に名前が書いてあったらいいのに」

と、子ども達が好き勝手に言う。ジュナも他人の顔の区別がつかず似たようなことを言っていたので、この話題は地域性なのだなと笑ってしまった。

「顔にはないけど、服には目印はついているぞ」

話を聞いていたレオンが口を挟んだ。王子様の登場に子ども達は大人しく聞く体勢をとった。

「例えば俺はマントを留める金具が白銀の獅子《しし》だろう。こっちのウィルは金ボタンに竜の足が描かれていて、先祖の英雄譚《たん》が基になっている。ニックはリーズ家に伝わる立派な剣。その人物を示すものを身につけていたら、そっちの特徴の方が覚えやすいこともある」

分かりやすいレオンの獅子はともかく、ウィルのボタンなど気にもしていなかった。

「顔だけなら何とか覚えられますけど、細かいところまで気を使うとなるとわたしは……人の上に立つ自信がなくなります」

記憶力はそこまで悪くはないはずだが、胸を張れるほどいいわけでもない。

「まあ、一度に覚える必要はない。明日来る連中は覚えた方がいいけど、そういう覚えるべき人物は数えるほどだ。そうでないのに覚えて欲しけりゃ何度も来るさ」

なるほど、と頷いた。全員覚えていてはエレオノーラの脳みそなどあっという間にいっぱいだが、覚えてもらいたがっている人から覚えるのならできそうだ。

「これが、頂点に立つ者の目線……」

「王子様は庶民には優しいけど、権力者に対しては王子様なんだね」

子ども達がませたことを囁き合う。レオンは苦笑して、見なかったふうを装う。

「覚えることが増えるけど、こういった見栄えのいい装飾品は覚えやすいし、覚える価値がある物を身につけている。子ども達も、相手がこだわっている部分を意識するといい。身分にかかわらず、相手を理解できて悪いことはない」

戦でぼろぼろになった領内を復興させるのだから、外部からどんな人間がやってくるかも分からない。それを意識するだけでも生きやすさが違ってくるだろう。

「なるほど。さすが王子様」

「ヒトタラシをするのは、そうやってがんばってるんですね」

子ども達はレオンの言葉を胸に刻む。敵国の王子を引き込んだりと、その通りのことをしているが、子ども達の口から人たらしと出てくることが脅威である。

「さ、そろそろジャムを作りましょうか。綺麗なのはそのまま食べて、熟しすぎたものや傷みかけのものに火を通しましょう」

エレオノーラは物騒な話題から話をそらすように、野イチゴの選別を始めた。

◇　◆　◇　◆　◇　◆　◇　◆　◇

先代の頃から手を加えていないという応接室は、すべての調度品がオルブラらしく魔力を帯びた石と金属がふんだんに使われていた。よそ者からしても、地元民からしても、手を加える必要もなく豪華で歴史を感じさせる調度品の数々だ。

それに囲まれて女王のように迎えたエレオノーラは、オルブラの血をひく女王を誇りとする者には悪い印象を与えない。急ごしらえの簡素なドレスを着ているが、それがかえって彼女の魅力を引き立てる。もちろん彼女の好きな『少し可愛い』を叶《かな》えるために、袖《そで》と胸元にはさりげなくレースをつけてもらっている。

しかし堂々としているように見えようとも、苦痛を訴えるのを諦《あきら》めていたが故に平然を装うのが上手《うま》くなっただけの普通の少女だ。自分の前にうんと年上の男達が傅《かしず》けば、顔をわずかに強張《こわば》らせてしまうのも仕方ない。

もちろんそんな些細《ささい》な変化に気付けるのは親しい者だけで、彼らには堂々としているように見えただろう。

レオンはそんなエレオノーラの隣に座り、挨拶に来た面々を見回した。地元の有力者達はそれぞれ華美すぎない程度着飾っている。

レオンとは何度も顔を合わせているが、塔の下から一方的に見上げていたのを数えないなら、エレオノーラの正面に彼らが立つのは初めてだ。

市民と交流するだけだったエレオノーラにとって初めての緊張する仕事だが、実は彼らも同じほどエレオノーラ相手に緊張しているのが分かる。

戦場の目と鼻の先にやってきた少女の胆力と高潔さに、世慣れた大人ほどまぶしく感じるのだ。だからこそ揃って悪印象を与えない上品な装いを心がけている。誰だって若い女の子にダサいと思われたくないし、素敵なおじさまだと思われたいのだ。

互いに見られることを意識して、緊張しているとは思っていないのが面白い。

「お初にお目にかかります、オルブラの守護女神、エレオノーラ様。貴方様《あなた》のおかげで、先代のオルブラ伯から預かっておりました民と鉱山を守り通すことができました。なんとお礼を申し上げたらよいのか、言葉もございません」

代表するように前に出た鉱山夫組合の長は、まだ三十代だろう細身の男だった。エレオノーラは老齢の男が挨拶をするに違いないと思っていたのか、また驚いていた。

彼は戦争のせいで父親を亡くして後を継いだと教えれば、彼女は同情して判断が甘くなってしまうだろうから、今は必要ない情報だ。

その傍らにいる倉庫街の代表は、自分よりも若い男が代表者面しているのが気に食わない様子だが、それをあからさまにはしなかった。華やかな世界は倉庫街側だが、オルブラにとって替えが利かないのは魔鉱石を熟知した鉱山夫達なのだ。

「こちらこそ、鉱山を守り切ってくれたことに感謝します。鉱山が落ちてしまえば何をしたところで、ここも落ちていたでしょうから」

エレオノーラは落ち着いた調子で答え、彼らは目を細めた。

そんなことを言っておけばいいと教えたのはレオンだが、予想以上に落ち着いていた。これで内心は嫌みを言われないか怖いと思っているのだから、血筋を感じる。そういう人だと知らずに今の彼女に出会ったら、レオンですら騙《だま》されていただろう。彼女は父親よりも取り繕うのが上手いのだ。

戦争で隣国の一番――唯一と言っていい目的は鉱山だった。大陸で最も質も量もいい鉱山を有するからこそ、オルブラは強く、裕福になったのだ。

だからこそ辺境の地にあるこの鉱山を守るように砦《とりで》や都市がある。研究所を支援していたのも、その守りのためだ。

つまりオルブラ市は防壁であり、安全な守られる都市ではない。

年若い女がそれを理解して危険地帯にいたという事実は、どんな宝石よりも彼女を輝かせる。それを知らないのは本人だけだ。

「そのようにおっしゃっていただけて、皆も喜ぶでしょう。エレオノーラ様が戦場を見つめる姿を見て、皆も故郷を守る勇気をいただいておりました」

エレオノーラは再び困惑した。実は彼女を一目見るために、鉱山夫達が交代で山を下りていたなど思いもしないのだろう。

塔に入った頃の彼女はふくよかではあったが、あまり発育がよくなく、年よりも幼く見える小柄な少女だったから心配されていた。太っているから、あまり食べさせてもらえなかったのだろう。しかし塔の上にいる間に食事が改善されて、ぐんぐんと背が伸び、塔のおかげで太りやすい体質が改善されて肉が落ちた。

そして元々持っていた美貌《びぼう》がはっきりと姿を現して目の前に現れたのだから、地上に戻った彼女と向き合い感動を覚えなかった者はそういない。彼女の強い印象の美貌は、良くも悪くも記憶に残る。

「言っただろう。皆はエラに感謝しているって。エラが一人いただけで、どれだけ守りやすくなったか、知らないのは中にいた君だけだ」

「……そうですか。わたしのような若輩者が、お役に立てて嬉しいです」

美女が謙虚に礼を言うのだから、心が歪《ゆが》んでいなければ好感を持つ。特に鉱山のような結びつきの強い環境で育った者達は、彼女のまっすぐさは好感が高いはずだ。

贅沢しようと思えばいくらでも許されたのに、彼女のしていた自称贅沢は充実した食事や、趣味のぬいぐるみ作りや編み物である。食事はご馳走《ちそう》と言うほどではなかったし、作った物は孤児に与えていたのだから趣味ではなく貴族らしい慈善行動として誰の目にも映った。

しかし彼女の性格や容姿の効果はそれだけではない。

「ああ、さすがはクロード様のご息女。お父君と同じことをおっしゃるのですね」

彼女は父親によく似た顔をしている。彼を知る者は彼の功績を娘に上積みしてくれる。人格者のクロードが育て、レオンに選ばれたのなら考え方も父親に似ている、と。

リーズ家の不幸は、その消極的な性格からは信じられないほど顔つきがよかったことだ。美醜の話ではない。しっかりしているように見え、黙って立っているだけで任せて大丈夫と思わせる威厳があるのだ。実力を隠していたとしても、にじみ出てしまう強者《つわもの》感で信頼を勝ち取ってしまったのだ。

クロードはよく誤解されると言っていたが、実力に関しては何も誤解はないという、他人から見れば不思議な矛盾を生んでいた。

エレオノーラも父親に劣らないちゃんとした実績がある。それを本人が理解していないのが、本当にクロードの娘らしくておかしくて愛《いと》おしい。

「お父様も……おっしゃりそうな言葉ですね」

エレオノーラは父の情けない姿を思い浮かべてか、目を伏せた。印象の強い日が隠れると雰囲気がかわり、女性らしい印象が強くなる。

彼女の予想した通り、クロードは本心で言っていた。誰もが謙遜だと思う言葉を、本心で言っていたとちゃんと理解できる彼女は、本当にクロードを理解している。

「とても素晴らしいお方で、ずいぶんと助けられました。ですので、クロード様にお返しできない分も含め、エレオノーラ様に我々の感謝の気持ちをお持ちいたしました」

鉱山の組合長の後ろに控えていた倉庫街の代表が前に出て、飾り気の少ない耳飾りと、銀色の鋳塊《ちゅうかい》を差し出した。小さめだが、それの価値が分からないほどレオンは物知らずではなかった。

「魔鉱石か。しかも上等だな」

戦争のきっかけになった鉱物の中でも最上級の、レオンも欲しい高級魔鉱石だ。

「さすがは殿下。エレオノーラ様は魔力過剰症でお困りと伺い、治療に役立てそうな上質な魔鉱石をご用意いたしました。それなりの量の魔力を含有できるでしょう。こちらでぜひ、エレオノーラ様の身を飾る装飾品を作らせていただきたいのです。耳飾りは、それまでのつなぎとしてご用意しました」

鋳塊はともかく、耳飾りは倉庫街が用意したのだろう。控えめだが華はあり、どんな服装にも合わせやすいものだ。普通は実用品に魔力を逃がすため、仮に用意したにしてはよくできている。

「さすがだな。クロードが用意した物で解決しなかったから、効果を追求して作ることも視野に入れていたんだが、これならいい物ができそうだ。ありがたい。この耳飾りもエラの華やかさを引き立ててくれそうだ」

剣なら一本で終わってしまうが、装飾品にするなら全身を揃えられる量がある。

「でしたら、きっとお役に立てるでしょう。魔術師達の意見を取り入れることに慣れた、一流のデザイナーと細工師をご用意できます」

　倉庫街の長が胸を叩いた。エレオノーラが少しうんざりした顔をしているが、彼女は正装が嫌いだから仕方ない。ネックレスを嫌うのも、元々肩こりがあるから重さを増やしたくないらしい。しかし胸元に一つ大きな宝石があると、太っている印象が薄まると言えばしてくれるだろう。豊かな胸元であることは強調されるが、太っているのとは違うのだから、嘘ではない。

「合わせたドレスもお仕立ていたしましょうか」

「いや、エラにはガエラス風を取り入れたシンプルなドレスを作っているから、それに合わせよう」

「ほう……そうきましたか」

「あまり快く思わない者もいるだろうから、素材などをさりげなくな。ガエラスのコルセットは伸縮性の高い素材を使い、そんなに苦しくないんだそうだ。うちの国ほど画一的な理想もないからな」

「え、苦しくないんですか？」

　エレオノーラが他人でも分かるほど、ぱっと顔を輝かせた。落ち着いた顔立ちの彼女がこうやって少女の顔を見せてくれると、もっと喜ばせてあげたいと思ってしまう。

「君は骨格がしっかりしているから、この国の流行と体型が合わないだろ。だったら合う物を着ればいいんだ。君は流行なんて追わなくてもいい。ダンスだって受ける必要はない。女王のように振る舞っていれば、それが君らしさと受け入れられる」

「え……いいんですか？」

彼女のことだから、ダンスも嫌だ嫌だと悩んでいた部分だろう。どうすれば最低限で許されるか考えていたに違いない。彼女の父もそうだった。

「体質のせいでダンスを踊りきる体力がない、でいいんだ。貴族に一番望まれる『民を守る力』は持っているんだから」

エレオノーラはそこまでいいの？　とばかりに見上げてくる。

「いいさ。君は特別だ。特別な雰囲気を出して、押し通せばいい。今や俺の父上ですら君には何も強要できないんだ。君こそが正義、君こそが勝利なんだから」

彼女は歴史に名が刻まれるだろう特別な人間だ。

人々はエレオノーラ・リーズという女を、父の敵を討ちに来た女傑と思っていて、勝利の女神の化身のように扱っているのだから、芸術家が放置するはずがない。

しかも彼女の先祖は軍人として似たような扱いで貴族になっているから、強く高潔と言えばリーズ家と言われるようになるだろう。

「ええ、そうですともそうですとも」

それを快く思うオルブラの重鎮達は、ここぞとばかりに声を上げた。

「エレオノーラ様のようなお方が、無理をする必要はございません。我ら一同、協力は惜しみません」

「ええ、やはりそれに相応しい特別な装いが必要ですね」

「元々の美しさを底上げするのもよろしいでしょうな。髪が輝くようになる油があるのですよ。今度お持ちいたしましょう」

年相応の反応を見て、オルブラの重鎮達は娘や孫を見るような目を向けた。

皆もこれから作る新しいオルブラ伯の方向性を理解したはずだ。少し噛ませてやることで、これからの彼女を作る一端を担う特別感が生まれる。

人間というのは、そういう特別が大好きなのだ。特に彼女のように、よくできているが、手を入れる余地のある完成していない素材を飾るのは楽しいものだ。

レオンにとっても、エレオノーラをエレオノーラらしく過ごさせるための苦労ほど楽しいことはない。

それはクロードには与えてやれなかった、与える機会に恵まれた楽しい苦労だ。

「しかし、殿下は軍人でいらっしゃるのに、女性に対する気遣いもできるとは、頼もしい限りです」

鉱山の組合長が言う。仕事はできるが女心は分からない男の多さを思えば、彼がかなり本音で意外だと思っていたのが分かる。

「それができないと生き残れない環境にいたからな。だが、手紙を書いて根回ししたり、数字と睨み合うよりはずっと楽しいぞ」

「確かに婚約者を飾り立てるのは楽しいでしょうな。殿下がエレオノーラ様をそのように思っていただける方で安堵しました」

その言葉で、見定められていたのがエレオノーラではなくレオンだったと確信する。

彼らにとってオルブラの血をひくエレオノーラは正当な後継者であり、レオンは彼女にとって有益かどうかでしか判断されない。もしレオンが彼女を蔑《ないがし》ろにしてオルブラを支配しようものなら、彼らの協力は得られないどころか、レオンの政敵と手を組んでも追い出そうとするだろう。彼らが支持したのはクロードの後継者であるレオンであり、王子であるレオンではないのだ。必要なければ切り捨て、自分達が彼女を支えればいいと思っている。食えない連中だ。

「もちろんだ。せっかく初恋の相手と結婚できるというのに、大切にしない男はいないだろう」

他人事のように聞いていたエレオノーラが、取り繕った表情を崩してレオンを見上げた。

「せっかくクロードがくれたチャンスを、手を抜いて取りこぼすなんて間抜けなことはしないから安心するといい」

エレオノーラは心底驚いた顔をして、頬の赤味が広がった。

ただの照れだとしても、この反応が出てきただけでレオンにとっては満足のいくものだった。

◇◆◇◆◇◆◇◆◇

「つ、疲れた。明日はようやく塔に行って趣味に没頭できる……」

エレオノーラは自室の椅子に倒れ込むように座ると、一日で一番の楽しみである夕食を前に、明日、塔で何を作るか考え始めた。

オルブラをよく知る執事から事前に教えられていたから、地元の権力者だという彼らの相関関係は分かりやすかった。エレオノーラに対する敵意のようなものはなかったとはいえ、彼らの権力抗争的な雰囲気は伝わってきたので、神経がすり切れそうなのはかわらなかったが。

何より――。

「お疲れ様。初めてで気疲れしたでしょう。ところでレオンは？」

と、テオに問われ、ぎくりと肩がすくまる。彼は他国の王子だからか応接室にはいなかったので、中でのやりとりを知らないのだ。

「お……お客様のお見送りです。何かこっそり話したいこともあるようで」

だから少しエレオノーラの肩の力も抜けていた。レオンのことは昔から好感を持っていたが、だからこそ一緒にいると緊張もするのだ。しかも、知らない設定が増えていた。

（初恋はニックお兄様の戯《ざ》れ言だと思っていたけど、まさか申し合わせた設定だったなんて！）

クロードの娘だからという理由よりも、そういうことにしておいた方が受けはいいだろう。しかしそんな大切な設定を、何も知らされていないのはおかしいだろう。

「そう。その様子だと嫌な目には遭わなかったようですね」

とんでもない事実ではあったか、嫌な目ではなかった。

「……はい。レオン様に排除されるような方はいませんでした。中でも、鉱山の組合長さんは雰囲気が違いました。むしろレオン様が欲深ければ排除しようとしていたようです」

若く、鉱山夫のようにたくましいわけではないのに、上に立つ者の独特の雰囲気を持っていた。太っているエレオノーラを見て笑った貴族とも雰囲気が違った。

「そりゃあ、怪力自慢の鉱山の男達を束ねてるんだ。貴族の無茶振りをかわして利益をもたらす知性と、誰とでも対等に渡り合う度胸がないと認められない。王子だろうとエラの付属品として邪魔なら排除するさ。せっかく邪魔にならないどころか、皆の憧れの領主様なんだ」

最近、すっかりエレオノーラの側《そば》にいることが多くなったニックが教えてくれた。先ほども部屋の隅にいたから、事情はよく知っている。

「実力主義だからこそエラのことは認めてるだろうから安心しろ。それに殿下はエラにベタ惚《ぼ》れしてるから、付属品として合格ってことだ」

「なるほど。エラさんとの仲を見せつけて皆さんを納得させられたんですね。これは数日はレオンの機嫌がよさそうだ」

「心にもない手紙を無心で書くことに比べたら、可愛い婚約者といちゃつく方が楽しいに決まってますから、数日はご機嫌で仕事をするでしょうね」

部屋にいた面々は、侍女も含めて同時に頷いた。

他人にそのように見られていると思うと、気恥ずかしくて無意味に足を揺らした。彼はそう見えるように意図して接していた。よく知らない相手にされたら屈辱を覚えるだろうそれが、レオンだと悪い気がしないのだ。

いつも気持ちのモヤモヤを聞いてくれるジュナがいないのが少し残念だ。

(人徳というのはすごいわ。わたしみたいな疑い深い人間が信じてしまうんだから)

エレオノーラに都合がいい提案も真実になると信じられる。彼は裏切らない。

そんな都合のいいことを真実だと思える、そんな誠実な人だ。

「きゃあああああっ」

思考に浸りかけた瞬間、女の悲鳴が聞こえ、はっと顔を上げた。

「今の悲鳴は使用人の声でしょうか」

テオが呟《つぶや》くと、ニックは剣に手を置いて控えていた侍女に目を向けた。代々仕えているという女は、言葉で命じられるまでもなく、小さく頷いて部屋を出た。それと入れ違いに入ってきたのは見回りをしていた騎士達だった。悲鳴が聞こえて真っ先にエレオノーラの部屋に来たようだ。

「きっとネズミでも蹴飛《けと》ばしてしまったのでしょう。どこの国でも女性はネズミを見ると悲鳴を上げますから」

と、エレオノーラを安心させようとテオが言う。優しげな顔立ちは、それだけで安心できる。他人に緊張を強いるらしいエレオノーラの顔とは大違いでうらやましい。

その間にも続々と騎士が部屋の外にも集まり、エレオノーラを気遣いつつ警戒する。

エレオノーラは落ち着いたふりをして報告を待つ。しかし遠くから「神官を呼べ」という声を聞き、怪我《けが》をした者がいるのだと顔をしかめた。

「誰が怪我をしたのかしら。屋敷内で神官様を呼ぶなんて、魔術の治療が必要な怪我を？」

「きっと鍋でもひっくり返したのでしょう。火傷《やけど》ならすぐに治療すれば傷跡すらわからないようになりますよ。この都市にいる術者は叩き上げの有能揃いですから」

テオが安心させるように言う。エレオノーラは心配で胸の前で指を組んで報告を待つ。

しかし予想外に落ち着くことなく、部屋の前を何度も人が行き来し、バルコニーから外を見れば見知らぬ兵士が屋敷を囲み、市民が集まっていた。

「どうしてこんなに人が？　何があったんだ？」

「どこかで煙でも上がっているのでは？　人々が集まると言えば火事です」

外を見ながらニックとテオが囁き合う。誰にとっても予想外な動きらしく、ますます警戒心を強めたその時、エレオノーラの部屋のドアが乱暴に開いた。

「エラ、すまない。夕食はシェリーの料理ではなく、質素な料理になりそうだ」

部屋に入るなり悲しげに言ったのはレオンだった。

「え……どういうことですか？」

先ほどの騒動で料理が台無しになってしまったのなら仕方ない。しかしそんな程度の軽い雰囲気ではなかった。

「……隠していてもいいことはないから言うが、どうやら食材に毒が盛られていたらしいんだ」

部屋にいた全員の顔から血の気が引いた。

「それでシェリーと手伝っていた騎士が」

「そ、そんなっ」

面会で有力者達には受け入れられたと思っていたが、肯定派が集まっただけで、エレオノーラを快く思わない者は多いのだと思い出す。

「命に別状はないから安心しろ。だが、シェリーはしばらく休養が必要だろう。対処も含めてしっかりするが、しばらくは食材が制限されるかもしれない」

それを聞いて安堵した。

「外の騒ぎは、神官を呼びに行った使用人が慌ててたものだから、治療待ちだった市民に聞かれてしまったらしくてな」

「なるほど。そりゃあ心配して集まるのも無理はないですね」

「ああ。エラは無事だと知らせて帰らせようとしたんだが、毒の件もバレてて安全な食材を持って来てくれてな。納得してもらうのに苦労しているようだ」

彼の言葉を聞くうちに、エレオノーラは思わず傍らにいたニックの袖をつかんだ。

「しばらく……シェリーが無事なら、我慢しますけど、でも……今日、毒なんて」

客人が帰った直後にそのようなことが発覚するなど、偶然とは思えない。

「最近は色々と善意の市民が食材をくれていたから、それに紛れ込ませやすかったのかもしれないな。誰彼構わず受け取っていたわけではないし、調理過程を付きっ切りで確認していたんだ。その結果が騎士も一緒になんだけど」

陰謀を疑いすぎて、偶然の可能性を排除してはならないと思い出す。

ジャムを作った時に、騎士がその様子を見ていた。消費する側だから珍しいのかとも思っていたが、ずっと前からそういった危険を考えて行動していたようだ。

ふいに、頬に硬い指先が触れた。レオンがエレオノーラの前に跪《ひざまず》き、手袋を外した手を頬に当てていた。訓練を続けている独特の硬さが父の手を思い起こして好ましい。

「エラ、俺は色々としなければならないから行くが、皆が守ってくれるから安心して待っていてくれ。ニックもいるから安心だろう?」

頬を撫《な》でる指先が心地よく、興奮で頭に血が上っていたと自覚する。エレオノーラは子どものようにニックの袖をつかみ続けていることを思い出し、慌てて袖から手を離した。

「……はい。レオン様は、お気をつけくださいね」

狙われるのはエレオノーラだけではない。彼は実の兄と対立している。今回の毒も、彼が狙われていたのだとしてもおかしくない。

エレオノーラが心配していると、レオンはにっこりと笑った。

「ああ、もちろん油断はしないよ。もし空腹だったらこれを」

と、彼は革袋を置いた。中には彼が好きだと言っていたドライフルーツが入っていた。

「辛い時は甘い物が欲しくなるから、こだわりのドライフルーツなんだ」

「あ……ありがとうございます」

確実に安全な食料を差し出した彼は、笑みを浮かべた後に部屋を出ていった。

騎士達が「これ美味いんですよ」などと、何事もなかったような軽い口調でエレオノーラを慰める。そんな声を聞きながら、現実感のない事態を夜が更けるまで、冷える手足をさすりながら、何も考えられずにぼんやりと過ごした。

◇◆◇◆◇◆◇◆◇

翌朝、珍しくちゃんとした服を着たジュナが、大きな荷物を抱えてエレオノーラの部屋にやってきた。それを連れてきたレオンは、複雑そうな顔をしている。

「やっぱり通いだととっさの時に対処できないから、今日からあたしここに泊まり込みますからね。正確には隣の部屋にだけど」

いつも塔の近くにある実家から通っていた彼女は、がちゃがちゃと音を立てる荷物を置いて宣言した。

「嬉しいけど……でもそういう時って、持ってくるのは着替えとかであって、実験道具ではないでしょう？」

「よく実験道具だって分かったわね。でも必要なのよ。ちゃんと着替えもあるし」

と、ジュナは荷物の中にある見慣れた白衣を見せた。それじゃないと言うのもむなしく、エレオノーラは彼女と一緒に部屋に来たレオンとテオに視線を向けた。レオンは何でも説明するとばかりに待ち構えていたが、テオはジュナの荷物に視線が釘付《くぎづ》けだった。

「彼女は神聖魔法の使い手だから、万が一の時に側にいてもらった方が安心だろ。騎士はみんな男だから、女性の彼女が適任だ。怪我をした時、うちの騎士もよく世話になっていたし、信頼できるし、皆も慣れている」

実力と、毒を盛る動機がないという意味で彼女は選ばれたようだ。

「つまり、ジュナが側にいた方がいいような状態ということですか？」

「そこまで深刻ではないが、少しでも危険があるなら排除したいだろ。使用人が騒いだから民にも知られてしまったし、彼らが安心できるようにしておこうと思って」

と、レオンはエレオノーラの隣の椅子に腰掛けた。膝が触れるかという近い距離だ。ジュナは荷物を騎士に預けて向かい側に座り、好奇心を向ける先が遠ざかったテオもそれに続いた。

「エラ様、朝食も市場で買ってきたの。不特定多数のために作った物の方が、今は安全だし」

ジュナは荷物の中から袋を出して言った。中身はパンとチーズとハムだった。彼女はそれをさっと切っていく。ハムがついてくるなんて十分贅沢だ。それは構わない。

「つまり、薬草入りの料理ではない……薬はお茶として飲まされるの？」

「そうね。それは覚悟して」

エレオノーラは血の気が引くのを感じた。シェリーが来るまでは、薬草のせいで食欲が半減し、本当にやつれていたこともあったのだ。

「前々から気になっていたんですが、どういった薬なんですか？　前は魔力を作りすぎないようにする薬と言っていましたが、今は何を飲んでいるのですか？」

好奇心を隠しもせずに、テオが問う。

「エラ様の魔力を整えるための薬というのは変わっていません。魔力の生成を抑える薬以外は、魔力がなければただ血行がよくなったり、魔力の強い方が飲めば魔力の流れも整って調子がよくなるような薬です。長期間飲んでも身体に害はありません」

「そんな弱い薬で効果があるんですか？」

「魔力を自力で放出できる人にとっては弱いですが、それができないエラ様にとっては十分な作用です。塔は稼働時に魔力を多く必要とするので、その時に身体の負荷にならないよう身体から魔力が抜けやすいようしています」

ジュナはテオの問いに答えながら、完成したパンを差し出した。

「つまりシェリーの料理は身体にいいのね。もし怖がって戻ってくれなかったらどうしましょう」

それも仕方がないが、彼女がいなくなると思うだけで気落ちしてしまう。

「それは大丈夫でしょ。彼女にはこんなに雇用条件のいい職場は他にないわよ。子どもがいるんだから多少のことは目をつぶるわ」

それはそれで申し訳がない。しかし仕事は続けてもらわなければ困る。

「こんなに杜撰《ずさん》な方法を選んだんだ。すぐに犯人は見つかるさ」

「杜撰、ですか？」

レオンの言葉にエレオノーラは首を傾げた。昨日だったのは、来客達に疑いを向けるためだったのだろう。そう思わせて彼らの中の一人が盛ったのかもしれない。十分、理解できる方法だった。

「王族の婚約者だぞ。毒味役とか毒消しの魔導具とか、あって当然だ。なのに調理中に倒れるほど、すぐに効果がある毒を盛っても意味がない」

言われてみれば確かに杜撰だった。

「そのためにレオン様は料理人が作った食事ではなくて、わたしと同じ食事を？」

健康な人が食べても害のない薬草の料理だけだが、一緒に食べていたのだ。そんな理由があるとは思わなかった。

「わたしが狙われると思っていらしたということですか？」

「前も言ったが、君にいなくなって欲しい輩もいるからな」

「わたしを殺しても、爵位を継げるとは限らないのに……」

遠縁の血縁者を連れてくる方がずっといいと思われていたのだから、エレオノーラがいない程度でひっくり返ることはないはずだ。

「守りの塔の乙女は、本当に自覚がない」

ため息をつくジュナの隣で、テオもため息をついて言った。

「あなたは非人道的な兵器から人々を守ったことで、平穏の象徴的な存在として知られているんです。あなたがいるから安心できる。あなたが統治者なら安泰。それがこの都市だけでなく、国境を越えて、戦火に怯える人々に共有する思いです。だから争いを望む者達にとっては、あなたはとても邪魔な存在なんですよ」

「争いを望む人？」

「戦争は国を疲弊させるけど、利益を得る者も多いんですよ。鉱山を手に入れればおつりが来ると思っていたのに、手に入らなかったから大損した者もいます。そんな連中は、争いの継続を望んでいます」

エレオノーラは理解したくなかった。そこまでして利益が欲しい者の気持ちなど、理解したくもない。

「だから僕は、国のためにも何としてでもあなたを守らなければならないんです」

テオが決意を秘めた目をして、宣言するように言った。

理屈は分かるが、彼がわざわざ「僕は」と言った理由が分からなかった。

「戦争に使われた技術は、元々は僕の母方の祖父が作り出したものです」

エレオノーラは上げかけた声をなんとか呑《の》み込んだ。

「技術はということは、望まない兵器転用ということですか」

ジュナは次のパンにハムを挟みながら問う。

「はい。技術の内容は、こちらの塔に近い物です。魔獣を狩るための武器として作られました。小規模なら簡単に運用できる――大規模になると生け贄《にえ》が必要な、そんな技術でした。人間の意思を介する魔力は、それだけ汎用性が高いんです」

ジュナ達の技術を、もし悪用できてしまえたとしたら――。

(彼のように、他国の王子を信じても止めたくなるわよね)

レオンとテオの関係が、ようやく理解できた。

「人々を守ってくれたエレオノーラさんには感謝しかありません。だから僕は恥を忍んでここにいます。僕の知識が役に立つこともあるでしょうから、僕なりの方法で守らせてください」

彼のことはレオンと仲がよくなった好奇心旺盛な人、程度に思っていた。しかしわざわざ情勢が不安で、逆恨みで狙われる可能性のある国に来るのだから、強い意志で来ていたのだ。

そんな覚悟を決めた穏やかな目を向けられると、最初も今も、軽い気持ちしかないエレオノーラはいたたまれなくなる。

たまらずレオンに視線を向けた。すると彼はうんと頷いた。

「俺も君を守るよ」

とレオンは笑みを浮かべて言った。そんなことを言って欲しいのではなかった。

何もかも見抜いているように感じる彼も、たまに外れたことを言うことがある。場所を選んで言われていたら、ときめくかもしれない言葉も、よけいにいたたまれなくなるだけだ。

戸惑っていると、レオンは少し冷静になったのか、困った顔をした。

レオンは膝に置いたエレオノーラの手に触れると、拳《こぶし》を握り込んだ。

「本当に君は頑固で愛しいね。大半の人は喜んだり恥ずかしそうにするんだけどね」

「安心するならともかく、血が流れて喜ぶのは想像力が足りていないだけです」

「でも、自分を中心にして事件が起こり、守ってもらえることを喜ぶ女性は多いんだよ。流れる血の分、自分の価値が証明される。物語のヒロインのように」

それで喜ぶのは、実感が伴っていないだけだろう。現実ではないから楽しめるのであって、自分の身に降りかかって楽しめるような人間は何か大切なものが欠けている。

「そんな顔をされると困ってしまうな。君は神話に出てきそうな美女だし、遠い先の時代で物語になったら、そのキリリとした目鼻立ちと、輝く髪と肌を称《たた》えられているに違いないのに」

「美化盛り盛りじゃないですか。絶対になりたくありませんが」

他人事だったはずの遠い世界に自分がいると思うと、冷や汗しか出てこない。なまじ彼の表現は美女の代名詞で、エレオノーラに当てはまっていないこともない。室内で過ごし、健康を考えられた食事をとり、肌が荒れないように保湿もしてきたのだ。

「まったく、なっておけば自分の価値が高まるのに、困ったひとだ。そんな控えめなところも気に入っているんだけど」

レオンは頭をかいた。空想を好む可愛い女だったら、彼も楽なのかもしれない。しかし残念なことに、エレオノーラは暗がりの隅っこでじっとしている方が好きな人間だ。真ん中に連れ出されたくはない。噂《うわさ》だけならいいが、現実でも引きずり出されることになるだろうから。

「君が実の親や親戚にすら頼らない人で、誰かに縋って生きるのは不安だというのは分かっているつもりだよ。こういうことを話すのはどうかと思うけど、建前的な綺麗事では慎重な君は納得しないだろうから、俺が君を手伝う理由を話そうか」

彼はため息をついて言葉を切った。

口に出されると、否定ばかりしている自覚が芽生える。とても面倒くさい女になった気がしてきた。だから否定はせず、つばを飲んで彼の言葉を待った。

「君がしていることそれぞれは替えは利くけど、それを一人で担っている象徴的な人物は君だけだ。だからこそ誰もが君を新しい領主として認める。重鎮達も頭が君であることは認めているし、むしろ俺が余計なことをしないか睨んでる。君以外だと反乱が起きかねない。種火が欲しいなら、俺なら俺よりも君を狙う。君が俺にとって大切な人である以前に、君は重要な人だから守らなきゃならない。もしもここにいるのが面識のない人でも、俺達は同じように支えていたよ」

エレオノーラだから守るという言葉よりも、説得力があった。

「信頼できる人格で、正当な血筋を持っているから楽だ。争いを嫌うけど、騎士の娘だから戦いまでは嫌わないのもいい。他の人達にとっても安心感に繋《つな》がる」

親の肩書きというのは、子へ向けられる視線に大きな影響がある。だからこそ親はしっかりしなければならないと、クロードは父親になった親類を励ましていた。

（親がしっかりしているように見せるのが得意だったために、こんな目に遭うとは……）

「エラには悪いが、世の中には度しがたい馬鹿《ばか》がいるんだ。目を離した隙に、また戦争を始めかねないようなろくでなし。争いから目をそらして戦わない臆病《おくびょう》者。自分はできると信じて暴走する馬鹿。この前、君と話した子ども達はそいつらが上に来たら不幸になる」

並べられると、エレオノーラは無害な統治者で、市民には望まれているのだと分かる。地位を得た途端豹変《ひょうへん》するかもしれない。

エレオノーラの代えはいる。しかし都合のいい代えを探すのは大変だ。

「俺としては、ここに釘付けになっていることで兄の立場も安定する。辺境で内政に忙殺されていれば、兄が王になっては困る連中から利用されなくなる」

彼は心底うんざりしていた。彼は自分が忙しい方が国は平和になると思っているようだ。

「レオン様も、王にはなりたくないんですね」

「兄がいなければともかく、兄がいるからなりたくはない。兄弟仲は悪くはないから」

心の底からうんざりしたように言った。だから彼はこんな場所にいるのだ。エレオノーラも彼ほど深刻ではなくても、家のごたごたでここに来たから、彼の気持ちは少し分かる。

それで大きな責任を負わされそうになっているが、それでもいいほど、ここでは息が楽にできる。仕事をしてでも離れたくないほどには心が軽い。

「俺が都から離れた場所で婚約者と国境を見張っていれば、国の安定にも繋がる。婚約者だから説得力がある。元々は一度そういう話があったぐらいだし。邪魔があったのと、君に弟が生まれたことで話が流れてしまったけど」

エレオノーラは驚いて目を見開いた。

「え、弟が生まれて流れた？　婚約が？」

「え……知らなかったのか？」

　レオンは驚いた顔をしていた。

　弟が生まれたのは、父が戦場に行くよりも前のことだ。腹の中の子の性別を魔術で知ることもできるから、もっと前かもしれないが、エレオノーラは妹と違い努力をしないと言われていた頃だ。世の女性は痩せるために運動と食事制限をしているのに、太っているなんて怠惰な娘だと。

「ご、ご冗談を」

「冗談ではない。クロードには娘しかいなかったから、婿養子をと思っていたらしくて立候補したんだ。エラの人柄は知っていたし、リーズ家は適度な影響力しかない。俺としては理想的な結婚だったんだ」

　レオンはそれから、少し恥ずかしげに頬をかいた。

「やっぱり、結婚するなら好みの女の子だと嬉しいし」

　頬を赤らめて言った。

「こ、好み」

「ああ。もちろん、好きでもない相手と自分から結婚したいと思わないよ」

　彼は容姿を気にしない男だと思っていた。そうではなくて、彼はクロードに似たエレオノーラの顔と性格が本当に好きなのかもしれない。

「君と結婚できるものだと当時はだいぶ浮かれていたから、話を進められずに残念だった。もっと早く行動していればと何度後悔したことか」

レオンは苦虫を噛み潰したような顔をした。彼はエレオノーラが見ていた範囲では、美女にまったく興味を向けず、エレオノーラ達と親しくしてくれた。他の男の子と同じで、異性のことより遊んでいることの方が楽しいのだと思っていたが、本当に好みが違ったのかもしれない。

妹の顔は美貌で名高い母親似だから、もし美醜で選ぶなら姉ではなく妹を選ぶだろう。

「それで今度こそ婚約して、反対を受けない状況を作り出したということですか。意外と一途《いちず》なんですね」

と口を挟んだのはジュナだった。王族相手にまで嫌みを言うとは思わず、エレオノーラははらはらして視線をさまよわせた。

「当然だ。エラのような女性はなかなかいないから、忘れることは簡単ではなかったよ。だから君がオルブラに来て後継者として指名された時は、運命というのは本当にあるのだなと思えた」

生きてきた中で一度も言われたことのない単語を聞いて、エレオノーラは混乱した。

「う、運命ですか。レオン様はそこまでお父様を慕っていたのですね……」

彼にとって信頼できる裏表のない大人がクロードだけだったとすれば、そうなってもおかしくない。だからクロードも彼を息子のように可愛がっていたのだ。そしてエレオノーラは父親似だ。

「いやいや、それじゃあクロード目当てに結婚するようじゃないか。クロードに対しても運命は感じたが、君に対しても、別の意味で同じほどの運命を感じたんだ。この直感で選んだものが、外れだったことはないのが自慢なんだ」

彼は恥ずかしげに指先をすりあわせた。彼が本気で照れているのを見ると、つられてエレオノーラの頬も熱くなる。

いくら尊敬する男の娘だからといって、彼が太った子どもの何に運命を感じたのかは分からないが、彼はジュナが言うほど人を見る目のよさで有名らしく、何か感じ取ったのだと言われれば言葉が出なくなる。

「レオンはエラさんのどこに運命を感じたんですか？」

聞く勇気がなかったことを、あっさりとテオが問うた。

「そりゃあ、綺麗な子だったし、気遣いできる子だったし、運命を感じたし、ふっくらしていて可愛かったし。もちろん今ぐらいでも綺麗だけど、細すぎて心配だ」

（ふっくらして可愛い？　細すぎ？）

理解できない言葉で占められ、エレオノーラは困惑した。

「つまりエラ様の見た目が好きなんですね」

「見た目だけじゃないよ。中身も大切だ」

レオンは首を横に振り、どう表現すればいいのかと額に手を当てた。

(レオン様の好みって、ちっとも理解できないわ)

かといって、心にもないことのようには見えなかった。

(考えるだけ無駄なことがあるって、お父様が言っていたけど、あれは真理ね)

的確に運命を拾い上げてきた彼に『運命』だと言われれば悪い気はしない。彼にとって、それは『いい出会い』という、好意的な意味合いのようだからだ。

「ああ、話がだいぶそれてしまったな。エラも困っているじゃないか。俺のことよりも、今考えるべきは犯人についてだろう」

彼は羞恥を隠すように話を変えようとした。

「そう、犯人だ。王族は毒殺防止の魔導具を身につけている。これははっきり言って常識だ。そして毒味のことを考えずに毒を混入させるなど素人《しろうと》くさい。怯《おび》えさせ投げ出させようとした可能性はあるが、塔にいたエラは肝が据わってると思われているからそれはないだろう」

彼は真面目に話し、エレオノーラは急に緊迫した話題に戻り、身体が強張る。

レオンはそれを横目に、服の下に隠していたネックレスを引きずりだした。

「犯人はきっと高貴な人を狙ったことのない素人だ。だからこれを君に預けておくよ」

彼は外したネックレスを手に、エレオノーラの背後に回った。そのネックレスは銀色の蛇が緑色の宝石に絡みつくデザインだった。

「対毒の魔導具だ。今は俺よりも君の方が危険だから、持っていてくれ」

「え、対毒？　でも、レオン様にこそ必要では？」

レオンはエレオノーラの了承をとらずに、ネックレスを首にかける。そして長い髪を持ち上げ、鎖の外に出す。手袋に包まれた指先が、首筋をかすめて少し冷めたはずの頬が先ほどよりも熱を持った。

「必ず守ると言ったろ。俺はどうとでもなるから大丈夫」

レオンが耳元で囁いた。温かい吐息と、大きな手。他人との接触に慣れていないエレオノーラは、身体が硬直し、頭の中が熱を出した時のように白く濁る。

「エラが嫌でなければ、守られていて欲しいんだ」

距離が近かった。同性ですらあまりないほど近かった。さらに身体が強張り、ますます頭に熱が上る。

熱のせいで視界まで白く濁ったようで、彼の笑顔がぼんやり輝いて見えた。彼はこうして、今までも必要な人材を落としてきたのだろう。

「は、はい。頼りに、しています」

分かっていても、気付いたら、間抜けな気の抜けた返事をしていたほどなのだから、他の人達が熱に浮かされるのを馬鹿にできなくなってしまった。

エレオノーラが我に返ったのは、ジュナに寝るよう促された頃だった。

意識は飛んでいたが、心配した市民が頻繁に訪ねてきたので、レオンが市民達に説明し、心配して来ないように説得しに行ったのは覚えている。

しかし他人事のようにぼんやりしていた。

ジュナと二人きりになってようやく、エレオノーラはへにゃへにゃと長椅子に脱力し、頭が冷えてきたのを自覚した。

(慣れていないって、怖いのね。レオン様が勘違いさせないように距離を置かないとはいえ)

女性とは適度に距離を置いている彼が、婚約者に対するためか普段やらないようなことをするのだ。誰もが憧れる彼に気を許されているということで、いい気分になっているのも確かだった。

「ずいぶんと呆《ほう》けてたけど、エラ様でも普通の乙女な反応できたのね」

「……ええ、そうね。騎士に守ってもらいたがる人に対して、よく知りもしないくせにって反感を持ってたけど、彼女達が求めていたものは理解できたわ」

一人だけ気を許され、守ってくれるというのだ。彼女達が求めていたものは理解しているつもりだったが、理解していなかったのだ。

「エラ様、今までそれが理解できなかったの？　さすがね」

「だって、身の回りにいる男性って使用人か騎士ぐらいだったのよ。それで可愛い妹ばかりちやほやする姿を見たら、夢を見るのも無理じゃない？　いじめられたわけじゃないけど、可愛い子に露骨な態度をとられるとがっかりするでしょ？」

ジュナはケラケラと笑った。

「そりゃ幻滅するわね。でも、王子様はそういうふうじゃなかったんでしょ？」

「そうね。本物の紳士はすごいって思ったわ。妹が可愛くても贔屓《ひいき》しないし、かといって妹が男受けを狙った言動をしてても、顔だけの女とか馬鹿にしないし」

そういう意味で姉妹はよく比較され、人間を見る機会がよくあった。どんな理由であれ、悪さもしていないのに馬鹿にする人間には注意が必要だ。

「ってことは、王子様の側にいる中にも、見た目にそそのかされたお馬鹿さんがいるってこと？」

「そうね。でも、愛想がいい方が可愛いのは見た目以前に当たり前よ」

レオンの騎士達は、彼らとは違って最初から紳士だった。彼らはレオンが王族だからこそ側にいる。だから感情を表に出さないよう教育を受けていた。

「でもエラ様、妹を馬鹿にする奴のことも気にしてたんだ」

「そんな性格の悪い人と身内になるのも、家を乗っ取られるのも嫌だもの。私達、まったく違うからよく比較されたんだけど、こちらもその態度を見て比較されているって思わない馬鹿が多いって、あの子も言ってたわ」

「へえ。確かに跡取り息子がいなくて、病弱な姉、健康な妹がいる家って色々と企《たくら》みがいがありそうね」

「そうそう。わたしが長生きするのかどうか探りを入れられたって妹が言っていたわ」

「それを報告するなんて、妹さんは死んで欲しいとは思ってないのね」

「そうね。母が見合い相手を用意した時も『さすがに性格の不一致がすぎるから、もう少し根暗なのを用意してあげて』って反対してくれたわ」

言葉はひどいがその通りだった。

「で、王子様はそんな関係を理解して、適度な特別をくれていた、二人のお気に入りなのね」

「おき……そうね。お気に入りよ。離れていると、手招きしてくれたし。妹にはお父様に足りない社交性を持っているから、助けてあげて欲しいって褒めていたわ」

それはエレオノーラには特別な憧れの感情を与えてくれた。姉妹は他の女よりは彼に近かった。それを特別に思って大切にするのは、仕方のないことだ。

「レオン様の見る目があるっていうのは、本当にそうね。彼ほどわたし達姉妹を上手くあしらえた人はいないわ。わたしも妹もすねないように、上手くあしらってくださったもの。でもまさか、わたしと婚約の話が存在したなんて思ってもみなかった」

まったく気付かなかった。そんなエレオノーラを見て、ジュナが呆れる。

「なんでそれをエラ様が知らないのよ」

「下手したら姉妹仲が悪くなるってわかってたんでしょうね。あの子、本当にレオン様がお気に入りだったから。理解してくれる人って、素敵に見えるでしょ」

妹で、金髪の美少女という見た目から侮られることが多く、それに騙される男は絶対に嫌だと言っていた。

「そう。さすがは賢獅子レオンね。なぜかあたしらに対して当たりが強いけど」

ジュナはエレオノーラのぬいぐるみの白い猫をつつきながら言う。

「無意識にけんかを売ってたんじゃない？」

「あたしとパパぐらいしか王子様と話してないわよ。あれじゃない。自分の婚約者に関わることだからご自慢の眼識も曇ってしまったんじゃない。婚約したと思ったら、なぜか塔の上にいて、会えないし言葉も届かないのよ。印象が悪くなるのも仕方ないわね」

「相談してくれれば、レオン様までは拒絶しなかったわよ。こっそり入ってもらって話し合えば、誤解も解けたでしょうに」

そうすれば彼らが悪く思われることはなかったはずだ。なのに一度も相談を受けたことがなかった。エレオノーラは塔の中なら自由に動いていたし、研究者は行き来していたから、短時間なら何の問題もなかったはずだ。

しかしジュナは顔をしかめ、身を乗り出した。

「大声じゃ言えないんだけどね。あの方は信仰心が薄くて、あの手の守るための神聖魔法とかなり相性が悪いのよ」

エレオノーラは驚きのあまり声を上げかけ、自分の口をさっと塞いだ。

罪人ですら信仰心があったから使えたのに、それすらないなど、あまりおおっぴらにしていいものではない。

「神を信じていないというより、神は人間の祈りに興味はないって思ってる。ものすごい現実主義者。だからあの人が運命とか言うのちょっと不思議」

「ああ、レオン様の運命って、言い換えれば『幸運』って意味よ。神は信じなくても、人が運に左右されるのは否定するようなことじゃないでしょ」

「つまり、エラ様はレオン様にとっての幸運なんだ。だからずっと変わらずいてもらうために、大切に囲い込もうとしているんだ」

「変わらず……」

「そうでしょ。普通、爵位をついだら徹底的に教育しようとするでしょ。それをしないでありのままでいて欲しいって、傀儡《かいらい》にしたいか、本当に好きかのどちらかよ。でも、エラ様が苦手そうな外交も最低限はやらせようとしているでしょ」

オルブラ伯として権力を与えようとしている意味。

改めて言われると、また気恥ずかしさで顔が熱くなる。

「ようやくあの男の重さを理解した？　エラ様をしっかりとオルブラ伯として認めさせつつ、自分がその傍らにいないと成り立たない状況を作ってるのよ」

「そ、そんなことをしなくても、レオン様にはいて欲しいって誰もが思うわよ？」

「他の男には絶対に譲らないって魂胆よ。エラ様ができすぎても頼ってもらえないでしょ。頼ってもらいたくて仕方ないのよ」

「レオン様が？」

「けっこう露骨に嫉妬してるんだから、大きく外れてはいないと思うわよ」

ジュナのような賢い人が言うなら、そんな魂胆もあるのかもしれない。

（露骨に嫉妬？　確かにニックお兄様と仲良くしていると、兄ぶるなと邪魔してくるけど……嫉妬？）

レオンが嫉妬するなど信じられないが、騎士に対する態度を思い出すと、否定しきることもできない。

「嫉妬されているって、悪い気はしないんじゃない？」

「……そう、ね」

客観的に見て、あれは嫉妬だった。彼は嫌っている人間を側近にはしないし、死なれたら困る人間の側にも置かない。信頼しているが、嫉妬したのだ。

「エラ様も、人並みに女の顔をするようになって嬉しいわ」

「人並みって……」

「趣味に没頭してた女が男にちやほやされて喜んでるんだから、人並みでしょ」

エレオノーラはぷくりと頬を膨らませた。

「なに、否定する？　それともちやほやされてないつもり？　エラ様を世に合わせるんじゃなくて、世をエラ様に合わせようとしてるんだから、相当よ」

ちやほやはされている。引きこもっていたのを労働と捉えられて、それを評価された結果、老若男女からちやほやされている。無理に世間に合わせなくてもいいと、それでいい道を用意してくれる。

（悪い気はしないわ）

もっと頑張ろうという気になる程度に、悪い気がしない。さらにレオンは、結婚したがるほど今のエレオノーラを認めてくれている。

「んん……否定はしないけど……他人の視線なんて気にしないって思ってたのに、ちょっと頑張ろうかなって思うんだから、人間って現金ね」

興味がなかったのに、いざ自分がそのように扱われると気が変わるのだ。

「人間ですもの、褒められたら伸びるのよ。認証欲求が満たされたら変わるのは当然よ。聖職者だって、石を投げられるより、ちやほやしてもらった方が嬉しいんだから。野良《のら》猫にだって、なついてもらえたら嬉しいでしょ」

　極端な話にエレオノーラはくすりと笑う。この感情の変化は、おかしなことでも、恥ずかしいことでもないのだと安心する。

「そうね。望まれて望まれた場所にいるのは、悪い気がしないわ。あれだけ嫌だったのに、少しぐらい我慢してもいい気がしてる。不思議ね」

　もしエレオノーラに石を投げてくる人がいたら、市民はそれに怒りを覚えてくれるだろう。自分一人で立ち向かうならすぐ逃げていたが、ほとんどの人は味方になってくれると信じられるから逃げたいとは思わない。

「エラ様は不要な我慢をする必要はない……と言いたいところだけど、今のところ、シェリーのことだけはどうにもできないのよね」

　現実を突きつけられてエレオノーラは綺麗なクッションを抱きしめた。

「レオン様もエラ様に負担がかからないよう気を使ってくれてはいるのよ。塔から離れられない体質だとか理由をつけて勲章の授与だの何だのと呼びつけられるのも阻止してたから」

「……え、勲章？　なにそれ？」

　途中で聞き捨てならない単語が出てきて、エレオノーラは自分の耳を疑った。

「言っておくけどエラ様はかなり立派な武勲立ててるから、呼びつけられてるのよ」

　危うく叙勲伝達式の類いに行かなければならなかったのを知り、エレオノーラは知らず知らずクッションに爪《つめ》を立てた。

市民にちやほやされて小さな認証欲求があったのは理解したが、そんな場には出たくない。彼女が求めるのは、ちょっとした感謝だけなのだ。

「そんなに怯えないでよ。エラ様は難しいことは全部レオン様にお任せして、体面が保たれる程度の仕事をしてればいいんだから」

領主の仕事は理解している。父はレオンにかかりっきりで、他の者が領地運営をしていた。これほど大きな都市だと勝手は違うが、まったくの無知ではない。

「大きな動きのある事業の決断よね。で、難しかったら相談という名の丸投げを適切な人にして、不正がないかだけ目を光らせるの。あとは手紙のやりとりかしら？」

「そうそう。それだけできれば不満はないわよ」

それだけでも大変そうだが、書類は嫌みを言わないので嫌いではない。

「楽に越したことはないけど、そういう仕事は悪くないと思うの。わたし一人の判断で棄却するようなものが説明もなく来るはずもないし。気の利いた手紙なんて書けないけど、お手本があればどうとでもなるし。筆まめな妹が参考にしていた本があるのだけど、用意できるかしら？　妹はお父様の振りをして手紙の返事を書いていたから、役に立ちそうなの」

「そうね。あたし、エラ様のそういう所が好きよ」

「そう？　確かに分かりやすくはあるわね」

豪遊したいと言わないだけ、エレオノーラは扱いやすいだろう。

「妹さんに手紙を書くのは、いいかもね」

「そうね。避けては通れないわよね。気まずいけど」

「彼女が好きそうなアクセサリーを贈ればいいわ」

「それはいいわね。あの子が好きそうな、あの子のためのアクセサリー」

そういうものを、そういう心を、彼女は喜ぶのだ。

ついでに、母の様子を聞き出してから、正式に報告をすることになるのだろう。

『君は、いつも言葉を呑《の》み込むな。妹さんのように吐き出してしまえばいいのに』

背を押すような言葉を彼は口にした。

『吐き出しても、わたしは身体《からだ》のことがあるので、どうにもなりません』

しかしそんな優しさを振り払うように、エレオノーラはそう答えていた。我がことながら、ずいぶんと生意気な言葉だった。

『無駄でも口にするのは悪くないと思うけどな。普通の家族なんだから』

『レオン様も、言わないじゃないですか。少なくとも兄弟間はうちと変わらない程度の仲のはずなのに。お互い様です』

またしても不敬で生意気なことを言う。

だが、大の仲良しとは言わないが、理解し合える程度には近しい存在だというのは事実だと知っていた。すると彼はしてやられたと笑う。

『やっぱり、君は、いいね。俺《おれ》にそんなことを言うのは、君とクロードだけだ』

彼の顔を見るが、逆光で表情は見えなかった。

彼の難しい立場は有名だ。彼は第二王子でありながら本当の意味での味方が少なく、血の繋《つな》がらない家族やその支持者から悪意を向けられることも多かった。だから身を守るために、クロードに師事し、自分の騎士団を作り上げ、自分の居場所と味方を作った。

彼らは自分達のことを結果しか教えてはくれないから、彼が築き上げた過程の苦労は察するしかないが、それは大変な道のりだっただろう。

それほどこじれていても、腹違いの兄との仲は悪くない。しかし二人の仲がいいと言う者は少ない。敵対するのが当然であると、役割を押しつけられているからだ。それは今も続いて、まだしばらく続くのである。それは当事者である王子達が周りに訴えても同じだ。排除しようとする者は、レオンが作った居場所を勝手に危険視して、ありもしない野望を見いだして攻撃してきたのだ。

『お父様の娘ですから、思考が似ているのは仕方ありません』

『それがなかなか難しい。少なくとも一番近くにいるニックはちっとも真似《まね》できていない。あいつのことは好きだけど、いくら顔がクロードと親戚《しんせき》感が出てても尊敬はできないな。無駄に似てるからたまに腹が立つ』

彼はやはりクロードと似た顔は好きなのだ。しかし中身にはこだわりがあるようだ。

『だけど、君はクロードと同じぐらい信頼しているよ。君が一番あいつと似ている』

『そのようにおっしゃっていただけるなんて、光栄です』

彼はこの時、どうしてこのようなことを言ったのだろうか。信頼できる大人《おとな》がいないあまり、クロードが信頼の基準になってしまったのだとしたら、彼は可哀想《かわいそう》だ。それは本来、実の父親に向けられるものなのだ。

『君の親戚が治めているオルブラのあたりが隣国とずっと小競り合いを続けているのは知っているだろうけど、実は最近は戦況が悪化して………あぁ、そう、助けを求められていてね。しばらく俺もクロードも会いに来られなくなる』

今思うと、助けを求められたのではなく、理不尽な方法で戦場に行かされることになり、彼も気が弱くなっていたのだ。父親が守ってもくれず、むしろ加担していた。

だから自分ができなかったことを、エレオノーラに勧めたのだ。彼のように家族同士で敵対しているわけではないのだから、甘えても許されると。

『こんな時期になんて奴《やつ》らだって怒りはあるが……俺が務めを果たしたらさ、エラ』

彼はエレオノーラの肩を抱いた。そして少し迷い、彼女の額に唇を押し当てた。

『前に台無しにされたけど、必ずどうにかするから。だから待っていて欲しい』

エレオノーラはその時、それは親愛のキスだと思っていたが、あまりに理解を超える行為に、混乱して彼の言葉をよく理解できなかった。しかし冷静に考えればこれは――。

エレオノーラは目を見開き、がばりと身を起こした。

「台無しって、縁談のことだったの!?　わたし、あのときから口説かれてたの!?」

思わず口にして、髪をかき回し、部屋に合わせた薄青のシーツの中に潜り込んだ。

夢だった。夢を見ていた。期待するだけ無駄だと忘れるように封じていた、遠い人のはずだった人との夢。親愛のキスをされるぐらいには近いだけで、満足するよう自分に言い聞かせるようになった、現実にあったやりとりだ。

間違いなく、二年以上前に実際にあった出来事だ。

「うっそでしょ」

あの時、エレオノーラは彼のことを『勘違いしない相手だからって、思わせぶりなことをするなぁ』と少しもやもやした記憶がある。意識しないように自分に言い聞かせた。彼が好きなのはクロードで、エレオノーラはそんな男の娘というだけの存在だ。

教えられてもいないのに、自分から縁談をまとめようとしていたなんて答えにたどり着ける方がどうにかしている。

「でも、レオン様、本当にお父様の顔好きだったのね」

ハトコであるニックの顔も好きだと言っていたのは、少し複雑だった。彼がクロードを好きすぎるのは理解していたが、かなり複雑だ。クロードのせいで、安心できる顔とすり込まれたのかもしれない。

「ちょっと……可愛《かわい》らしい？」

いつも落ち着いた態度でクロードの側《そば》にいたが、実はそれほど慕っていたのだと思うと微笑《ほほえ》ましい。そして、彼がそんな人に出会えたのは本当に幸運だった。エレオノーラがジュナ達と出会えたようなものなのだから。

「どうせ思い出すなら、もっと早く思い出したかったわ」

今も本当にそうなのか疑わしいが、婚約が一度破談になっても、諦《あきら》めていなかったのだと今なら分かる。理解はできないが、事実だとは分かる。

「でも……ちゃんと本当に好かれているのは……悪くないわ。うん」

顔が好きで、性格も好ましいと思われているのだ。

悪くないどころか、頬《ほお》が緩みそうになる。そんな簡単な女でいいのかと自分を叱《しか》り、エレオノーラは緩んだ頬を引き締め、ベッドから降りた。

「こんな顔をジュナに見られたら、またからかわれるじゃない。レオン様にも合わせる顔がないわ」

頬を叩《たた》いて、表情から感情を叩き出す。もとから感情豊かな顔ではないから、これだけで他人には気付かれないぐらいになるはずだ。

「よし、気を取り直すわよ」

まずは窓を開いてバルコニーに置いてもらった餌《えさ》台に穀物を広げた。するとすぐさま鳥が集まり、エレオノーラを気にせず食事を始める。見覚えのある特徴的な模様のコマドリもいて、頬が緩む。特徴のない他《ほか》の鳥達も、馴染《なじ》みの常連なのかもしれない。

エレオノーラは彼らにそれ以上の干渉はせず、美しい鳴き声を聞きながら、侍女がやってくる前に自分で着替えた。最初は手伝ってくれようとしたが、コルセットを締めるわけでもない一人で着られる服だからと断った。ただ髪を結うことだけは、日頃《ひごろ》からやっていないともしもの時に困るからと、エレオノーラの髪で練習させている。

「さて、そろそろジュナが起きる時間ね。今日も気合いを入れなきゃ」

最近のエレオノーラの一日は、朝こそ最も困難な試練が待っているのだ。


ジュナは自分で用意しておいて何だが、鼻をつまみたくなる臭いがする煎《せん》じ薬をエレオノーラの前に出した。彼女は無言で目を伏せ、気合いを入れるように息を止める。戦場にでも向かおうというような一連の様子はなんとも言えない威厳を纏《まと》っているが、彼女が向かい合うのはただの薬である。

それを見つめるレオンの目は、望まぬ戦《いくさ》に臨む人を見るように痛ましげだった。ただ薬を飲もうとしているだけなのに。

エレオノーラは目を開くと一気にそれを飲み干した。そして水で薬の残りを押し流し、口直し用の甘いミルクを飲み干した。目を伏せ、ふっと息を吐くのを見て、ジュナは問う。

「どうです？　味はマシになりましたか？」

「ええ、前よりは後に残らなくなったわ。おかげで朝食も美味《おい》しく食べられそう」

貴族らしいすまし顔だが言葉は柔らかく、楽しげに朝食のマフィンに手を伸ばす。シェリーがいなくなった翌日は、そんな余裕もなく、口の中の不快感を消すためにパンで舌を洗っていたので、かなり改善されているように見えた。

そんなやりとりを見て、レオンは魔術で風を作り出して換気を促す。簡単なことではないのだが慣れている。空気の入れ換えに慣れるような生活を送っているのだ。

「臭いがひどくなった気がするが、味はマシになってるのか……」

「どうしても外せない薬草がひどい味なんです。シェリーのやり方を真似ているんですが、噛《か》んだりすり潰すと苦みが強くなるので、職人技としか言いようのない要素は完全に再現できなくて」

シェリーのように料理に入れればもっと味はマシになるが、量が増えて苦痛が長引くだけだから、薬として飲みたいとエレオノーラが希望したのだ。

「あの薬草をそこまで飲みやすくしているだけでも十分な成果ですよ。ぜひコツを教えて欲しいです」

「それぐらいなら構いません」

薬草の苦みを知っているらしいテオに請われて、快諾する。量産されて困るなら独占すべき知識だが、体調を崩した魔術師に飲ませるぐらいしか使い道がない薬草だ。恩を売れるなら安いものである。

「それほどか。素材も限定させてしまっているし、手間をかけさせるな」

レオンはジュナに謝罪して、エレオノーラと同じマフィンを口にした。エレオノーラと会わせてくれないと不満を向けられていた頃《ころ》に比べると、ずいぶんと穏やかな態度だった。

彼が口にしたのは、他の薬の効果を上げるための害のない香草入りの物だ。毒混入以来、エレオノーラが口にする物の入手先は厳しくなり、結果的にエレオノーラの薬も制限がかかり味の改善が難しい。それを理解してねぎらってくれるのだから、警戒心の強いエレオノーラがレオンを信じて疑わないだけはある。彼は結果が振るわなくても、努力を求め、ささやかな前進を褒められる男だった。

「あの、レオン様、シェリーの容態はまだ悪いんですか?」

エレオノーラが心配そうに問う。心配しているのも本当だが、一日でも早く彼女に戻ってきてもらいたいのだ。彼女が煎じるだけで、苦みを抑えられるのだから。

「身体の方は……大丈夫だよ。ただ、ことがことだけに、犯人を捕まえてからでないと戻ってもらいにくくてね。彼女もまだ不安だろうし。こちらの落ち度だから、彼女の生活には支障が出ないように手当を出しているから、それは心配しないで欲しい」

エレオノーラは目を伏せて頷《うなず》いた。政治的な意図を感じ、それを呑み込んだ。彼はエレオノーラに隠したいことを守りの塔の研究者達と情報共有する気がないため、シュリーを指導している立場のジュナですら何も聞いていない。

ジュナがエレオノーラの側にいる友人でなければ、完全に切り離されていた可能性すらある。腹立たしいが、彼の気持ちも分かるのだ。

何年も会わせなかったのは、エレオノーラの拒絶とレオンの相性を考えて魔術師達が出した結論だ。ただ、彼がそこまでエレオノーラに対して本気だったとは思いもしなかったのだ。ただクロードの娘を心配しているのだと簡単に考えていた。

彼女はここに来るまでは、レオンが言う通り美人だが太っていた。虐待に近い食事制限をさせて儚《はかな》さを——細い腰と薄い胸を強要する貴族の男達が、彼女を好むとは思わなかったのだ。今でも彼女はそこまで細くはない。しかし彼女の肉は、庶民の男は豊満と呼んでありがたがる部類のものであり、彼女の魅力だった。

（王子様は顔と性格も好きなんだろうけど、それ以上に分かりやすい趣味しているのよね。じゃなきゃ、ファッションまで世間をあの子に合わせるような努力しないし）

エレオノーラに言ったら泣きそうだから言えないが、それも含めて彼女の魅力だ。好かれていることだけは理解したようなので、他人が口を出す問題ではない。

「後に残らなくなったのは素晴らしい改善だな。エラは食べるのが好きなのに、食事が口の中の洗浄のためになっては申し訳ない」

彼はスープを飲み、唇を笑みにした。視線の先はもちろん食事を楽しむエレオノーラだ。彼女は塔の中で見せていたほど素顔を出していないが、それでも喜びは隠せていない。レオンはそんな楽しげな彼女に見惚《みほ》れている。

(もっと食べて、もう少しふくよかになって欲しいってところかしら)

エレオノーラはよく言えば愛情深い、悪く言えば欲望交じりのこの視線を、ずっと妹に向けるような慈愛だと思っていたらしい。レオンは姉妹で露骨な差別はしなかっただろうから、自分に対する好意などあると思ったことがなかった彼女が気付かないのも無理もない。

男というのはもっと分かりやすい目を向けてくるもので、彼のような優しい好意は分かりにくい。彼はあるがままの彼女を受け入れているから、優しく見えるのだ。

しかし好きでもない女のために、せっせと成果を贈り物として差し出したりしない。淡々とこなして結果だけを積み上げ、私生活についてはすべて配下に任せて、市民と交流させる現場についていったりもしないだろう。

(エラ様がだらけているのが好きで、人々を助けたいとか意識高いことを考えてなかったのは、この王子様は気付いてるのかしら？　いないはずなんだけど……)

その辺りはまだわからない。結果的にオルブラの役に立てたのは嬉《うれ》しい、ぐらいの意識はあるから、彼女が隠してきた本音までは気付かれていないはずだ。しかし気付いて受け入れてもおかしくないからレオンという男は恐ろしいのだ。

「そうだ。エラはまだオルブラの――城壁の外には出たことがなかったよな？」

唐突な問いに、エレオノーラは首を傾《かし》げ、簡単に三つ編みにされただけの長い髪が揺れる。

「君が塔に入ってから、少しずつ商人が集まって城壁の外にテントを張ってしまってね。終戦してからますます人が集まって、けっこう大きな市場になっちゃってるんだ。そこは今のところ、近いからと倉庫街の連中が仕切ってくれている」

勝手にできた闇市《やみいち》のような市場でも、あまりうるさく口を出して経済活動を止めては今のオルブラのためにはならない。だから慣れた者達に任せて、施政者側としては放置してきた。

「そうなんですか。住民が結束しているんですね」

エレオノーラは笑みを浮かべた。彼女が街の外を見たのは、馬車に揺られて通り過ぎた一瞬だ。その時はとても女性を連れて行けるような場所ではなかったし、今も結束があるかと言われれば、首を傾げたくなる様子のはずだった。

「ああ。結束してくれている。してくれないと撤去だからな」

エレオノーラは冗談だと思ったのか、くすりと笑う。しかしジュナは、冗談ではなく実行されると思っている。

エレオノーラに話題を振るということは、彼女を連れて行けるほど浄化が完了しているということだ。もしエレオノーラを連れて行って、レオンの求める基準に達していなかったら、きっと容赦なく締め付けるか、最悪解体されるのだろう。

(本当に有能な王子様よね。エラ様のことになると抜けてることが多いのに)

趣味も性格も理解しているのに、エレオノーラが信頼を寄せている魔術師を遠ざけようなどと抜けたことをした。

彼がいてくれて市民としてはありがたいが、エレオノーラの友人としては多少の不安を覚えなくもない。彼の愛情はかなり重いから、すれ違った部分に不安が募る。

「だから、今日《きょう》は調子がいいようだし、よければ、お忍びで視察でもしないかい？」

レオンはいつもの堂々とした態度が嘘《うそ》のように、もじもじとエレオノーラを誘う。

「わたしとレオン様が？　大丈夫なんですか？　街中ですら大きな通りだけなのに」

しかしエレオノーラはその初々《ういうい》しい反応ではなく、彼の誘いに驚愕《きょうがく》していた。

「実は、皆で協力して君を連れて行ってもいい程に整備をしたんだ。そんな皆の頑張りを見てみたくはないか？」

ジュナは思わずエレオノーラの表情を確認した。彼女はきょとんとしていた。

「それを、お忍びで……？」

エレオノーラはじっとレオンの顔と髪を見た。そして自分の長い金髪を見た。目立つという自覚があるようだ。レオンのような明るい髪は他にいないし、金髪もいないわけではないが彼女の手入れの行き届いた髪は人目につくのだ。

「お忍びだから町娘のように変装して、魔術師に髪を目立たない色にしてもらえばいい。そうすればいつもの君を知っている者も気付かないだろう」

するとエレオノーラの目に光が灯《とも》る。そしていつもより弾んだ声で返事をした。

「なんだか楽しそうですね。ジュナみたいな髪の毛になってみたいです」

彼女は目立ちすぎて市内でもすぐに声をかけられたり、頭を下げられた。だから知らない人に頭を下げられることのない、お忍びのお出かけというのに心惹《こころひ》かれたようである。

ジュナは彼女が茶髪になった姿を想像してみたが、そもそもエレオノーラは顔も派手なので多少変えたところで目立ってしまうのが予想できた。彼女の侍女は、どう彼女を違和感なく地味にするかで苦労しそうだ。

「華やかな金髪もよく似合っているが、落ち着いた色合いもきっと似合うな。俺は金髪にしてもらおうかな。実はクロードの髪がうらやましかったんだ」

彼は自身の銀髪をいじりながら言った。

エレオノーラが少し困ったように微笑みながら、視線だけで周囲を見回す。ジュナも彼女がレオンに妹扱いされているなんて勘違いした理由がわかった。

それに銀髪が金髪になったところで印象は大差ない。本当は目立たない気がないのではないかと疑いテオを見ても、呆《あき》れたような諦めたような顔をしていた。

（どうしよう。誰《だれ》かが言わないとだめよね？　なんで誰も何も言わないの？　あたしが言ってもいいの？）

誰かいないかとここにはいないレオンに近い面々の顔を思い出す。同じくらいクロードを慕う男達を。

（まともに指摘できるのが片手で数えられるぐらいしかいないわね）

クロード関係で頭が緩くなるのだけは周囲が甘やかしているのだ。

二人きりでデートをすることになる意味を理解していないエレオノーラと、浮かれているレオンの不器用な二人を微笑ましく眺めていそうだった。そんな見守りたい雰囲気ができ上がっているから、空気が読めるジュナはどうしたものかと考えた。

「でもレオン様……お父様のような金髪はとても目立つので、お忍びにならないかと」

しかし男女の機微は理解していなくても、現実主義者のエレオノーラは、いつも指摘してくれるような騎士が一人もいないと知って、容赦なく自ら指摘した。

しばらくの後、レオンは悲しげに頷いた。

「言われてみればそうだな。この辺りで一般的な亜麻色の髪にしておこう」

本当に悲しげで、エレオノーラが苦笑を向けてきた。

『最近少し、お父様がレオン様をほっとけなかった気持ちが分かるようになったわ』

と、少し前に彼女が言っていた。今もそういう気持ちなのだろう。

そういう所を含めて、レオンはエレオノーラを好いているのだろう。彼の立場なら、エレオノーラに惚《ほ》れ込む気持ちは分からないこともない。

父親が死んだからだとしても、好きな相手がわざわざ自分の手の届くところに来て助けてくれたのだから、惚れ直すのは無理もない。

たとえ、エレオノーラにそんなつもりはなくて、長期間塔に居続けたのも、彼女が自室という名の自分の領域が大好きなだけだとしてもだ。

（あんな最悪の精神状態の時に来てくれたら、ねぇ）

敵国よりも自国の理不尽さに、ジュナ達も故郷を捨てる覚悟をしていたほどだ。そんな時に塔に入って平然としていた彼女には、赤の他人でも言いようのない気持ちがこみ上げた。しかしそれを、エレオノーラだけは理解してくれないのだ。

だから二人が微妙に噛《か》み合っていなくても仕方ないことで、これでいい案配になっているのだから、小さな齟齬《そご》は徐々になくしていけばいいのだ。

レオンが実力者で、エレオノーラを大切にし、エレオノーラが憧《あこが》れていたと言った男だから、彼女を愛する者達はレオンを認めているのである。

◇　◆　◇　◆　◇　◆　◇　◆　◇

城壁の外にあるという市場は、荷車や、露店に毛が生えたような簡易な店が並んでいた。都でも週末だけの市場は似た雰囲気だが、それをさらに簡素化したようなものだった。

戦場が近く兵士が出入りしていたため歓楽街ができていると聞いていたが、いかがわしい気配はない。少し離れたところに建物の屋根が見えるので、そこにあるのかもしれない。

「戦が終わったと知った商人達が商機を求めて集まってきてね。今は市内には簡単には入れられないから、ここで商売をしてもらっている」

暗い髪色で、簡素なチュニックとベストを来たレオンは、美男子ではあるが意外にも思ったよりはこの場に溶け込んでいた。それは立ち居振る舞いなどの細かな違いのおかげだった。いつも隙《すき》がなさすぎるからこそ、普通にするだけで違いが分かる。

エレオノーラにそんな細かな演技をいきなりできるとは誰も思っていなかったため、商家のお嬢さんぐらいを目指して変装した。いつもは鮮やかな色合いの服を着せられたが、体型が近い侍女から草木で染めた淡い色の綿服を借りた。故郷にいた頃に着ていた服に近いので、むしろこの方がしっくりきた。

「戦中からいた商人も多いけど、戦中はいつでも撤去できるように露店ばかりで移動も簡単でよかったよ。世の中には勝手に居着いて小屋を建てて、立ち退《の》きを拒否する奴もいるらしいから」

レオンの説明に耳を傾けながら、苦労の結晶を眺めた。少し前は今見ている光景とは違った様相だったのだろう。今はエレオノーラに見せていいと判断されているだけあり整然としている。もちろん小屋もない。

　商人達も比較的若い者が多く、身なりがこざっぱりして育ちが悪くないように見えるから、レオンも溶け込んでいるように見えるのかもしれない。

　エレオノーラも染めた髪を結って、さらに帽子をかぶっているから、彼のように上手《うま》く溶け込めている気がしてきた。

「役人達には苦労をかけてしまったけど、彼らにとっても復興を感じられる前向きな仕事だから嬉しいと頑張ってくれたよ。もちろん、これは仮設なんだけど」

「どこか別の場所に市を開くんですか？」

「いや。今はオルブラが注目されているからここに集まっているけど、倉庫街の方が商売がしやすいはずなんだ。オルブラとしてもそっちに移って欲しいらしい」

　ここにいるのはそういった事情を知らない者達なのだ。

「今は言っても聞かないから、エレオノーラに見せても恥ずかしくないように違法な商売は厳しく取り締まって、ようやく健全化してきたんだ。だから後で役人達に感想を言ってやってくれ。要望があればそれも」

　この市場について語るレオンを見上げつつ、エレオノーラは実は少し困惑していた。

　腕を組んでいるのだ。軽く乗せるのではなく、組んでいるのだ。いつものように軽く手を預けるような腕の組み方は都会暮らしの気取った奴がするものだからと、一般的な恋人らしく身体を寄せて腕を組んでいる。ただでさえ目立つから、お上品な腕の組み方をするなと、ジュナに言い含められたのだ。

その上、いつも側に付き従っていた騎士も見える範囲にはおらず、普通の恋人同士のようで戸惑ってしまう。

「ですが、本当に大丈夫なのでしょうか？　もしものことがあったら……」

今までレオンという王族と一緒に外に出ても不安がなかったのは護衛に囲まれていたからだ。もしも彼に何かあったら、この都市の先行きは暗い。そんな状態で、初めて出かけることに浮かれられるほど忘れっぽくはなく、視察に集中もできない。

「出かける時にも話したが、護衛はちゃんとついている。残念ながら、護衛なしでの行動は許されていなくて」

レオンは護衛の存在が不服らしく、ため息をついた。

「本当に久しぶりに二人で出かけるというのに、こそこそのぞき見されるのは不服だが、君の安全のためには仕方がない」

レオンは二人きりという点を強く意識していた。てっきりジュナも来るのだと思っていたのに来ないと知った時は驚いた。ジュナは自分が巻き込まれるとは思っておらず驚くエレオノーラに驚いていたから、レオンの認識の方が世間的には正しいようでさらに驚いた。

（まさか、レオン様が二人きりなんて、陽気な若者のようなことを望んでいたなんて）

彼は若者だと理解しているが、浮かれたことを考えているとは思わなかった。その浮かれる理由が、二人で出かけて、成果を自慢するためだと思うと不思議だった。

「仕方ありません。反対を押し切ったのですし」

エレオノーラはそわそわした気持ちを抑えて囁《ささや》いた。

一部の部下と、代々仕えている使用人などに『闇市同然の場所にうら若い女性を向かわせるなど！』という理由で反対された。しかしその闇市同然の市場というのが、エレオノーラの好奇心を刺激するのは否定できなかった。

(領主が何も知らないのはよくないものね。護衛を引き連れていたら本当の姿なんて見えないし、デートでちょっと浮かれてるぐらいに見えた方が自然だし)

そわそわしている自分を心の中で正当化する。

(浮かれすぎないで視察しなきゃね。ついでに自分が楽しむぐらいは許されるわよね)

心の中で気合いを入れて市場を眺める。商品はありきたりなものばかり、つまり正常な市場だった。

「安価な嗜好《しこう》品や食料が多いですね」

戦後ということで、まずは売れやすい物を集めてきたのだろう。

「これでもようやく必需品以外の商品が並び始めているんだ。前は日持ちする食料や兵士向けの安酒とかの嗜好品が主だったけど、品が増えたし、青果がある」

彼は心底嬉しそうだった。エレオノーラはくすりと笑って、品を見る。新鮮ではないが、傷んではいない青果。この辺りではなく他の地域から持ち込んだ物だ。

エレオノーラが気になったのはやはり生地だ。安価な物から、見ただけでわかるほど品質のいいものがある。日の当たらない場所には絹地まである。これから需要があるだろうと思われているのかもしれない。

「そういえば、わたしの服の生地はどちらから？」

「家令が手配をしたよ。俺の馴染みの商人にも声をかけているが、代々付き合いのある相手を蔑《ないがし》ろにはできないからな」

「そうですか。そういう相手がいるならいいんですが……」

せっかくいい物を持ってきてくれたのに、売れなかったら持ち込まれなくなる。それが問題ないか、エレオノーラには判断できない。

「ま、品質に自信があるなら売り込みに来るだろう。うら若い女伯爵となれば、最上級の物が集まるはずだから気にするな。都市が昔のように賑《にぎ》わえば需要も戻るだろうし。昔は市民も華やかな夜会に参加していたらしいからな」

治安がよくなれば、この都市にも人が戻ってくるはずだ。そうなれば正装が必要になり、絹地も売れるようになる。

「エラが今後も贔屓にしたいなら買おう。君の場合は絹地よりは木綿だろうが」

もし彼がエレオノーラが好まない、エレオノーラに似合いそうな派手な贅沢《ぜいたく》品を贈るような男なら、もっと凪《な》いだ心で接することができただろう。彼の趣味への理解は心が揺れる。馬鹿《ばか》にされないという確証を、男性に向けるのは初めてだったから。

「それなら、その……は、端切れがいいです」

「はぎれ？」

何を欲しがっているのか分からないようだった。そもそも、彼は端切れの存在など知らないのではないかと思い至る。

「えっと、小布が欲しいんです。服を仕立てた時の小さな切れ端なんかを安く売っていたりするんですけど、そういうのでいいんです。そういう生地を見ていると、形が浮かんできたりして、大きな布から作るのとは違った楽しさがあるんです」

先ほど見ていた店は、そういった売り方ではなく、大量に売りたい店だ。

「じゃあ、ここより、昔ながらの店の方がいいのかな？」

「昔ながらの？　近いんですか？」

すると彼は頷いた。

「倉庫街は名前からは想像しにくいが、オルブラと鉱山の間の道沿いの建物を建てやすい場所に集落がぽつぽつできたのを、まとめて呼んでるんだ」

エレオノーラはこの都市に来る途中のことを思い出そうとしたが、整備されていても山道なのでよく揺れて、あまり記憶にない。

「一番街、二番街みたいな呼び方をされてて、一番近いところはすぐそこだ」

「そんなに近い場所にあるから、オルブラの前からどけたいんですか？」

「そうだな、オルブラや鉱山に近い場所所は、古くからいるから許されてるんだ。外から来た連中は玄関口である一番街や鉱山都市で留《とど》まるべきなのに、最奥のオルブラに勝手に住み着くなんて許さんってことらしい。景観が悪いって怒ってる人も多いな。昔からいる連中は美しいオルブラが誇りで、それを守っている自負を持っているからな」

つまり、よそ者が好き勝手しているのが気に食わないのだ。

「でも、ここを仕切っているのは、その倉庫街の方々なんですよね」

「今は人手不足で、殺到している商人の数が多くて対処できないから、仕方なく押しかけている連中を整理した段階というところだな。ただ追い返すより、多少我慢して活用するつもりらしいから、長い目で見るつもりだ」

エレオノーラはレオンが苦労していることだけは理解して、ため息をついた。

「ま、商人達が上手くやるだろう。俺達は必要な整備をして、できる奴にやらせる、でいいんだ。不正や暴走がないか監視しているぐらいの方が上手くいく」

エレオノーラはゆったり歩きながら、周囲を見回しつつ頷いた。

「名産品が立派だと、苦労するんですね。うちの田舎《いなか》じゃぜったいにあり得ないです。外から来るのはワインを買い付けたいっていう人だけです」

「歴史ある高級ワインの産地だから、断るのに苦労してるらしいぞ。君の先祖が軍神の化身と呼ばれるほどの活躍をして与えられた、狭くても良質な土地なんだ」

　エレオノーラの先祖は騎士達にとって憧れらしく、レオンですら語る時は目を輝かせる。

「そのせいで家名だけは有名で、何度後ろ指を指されたことか」

「エラが結界を維持し続けたから、これからは純粋に魔術師としての血筋も再評価されるだろうし、この先も続く悩みだろうさ。というか、まだ幼い君の弟は、先祖じゃなくて姉の名声のせいで将来苦労するだろうよ」

「ええ、じゃあ、弟から恨み言を言われるかもしれないんですか？」

　エレオノーラが驚くと、レオンはおかしそうに笑う。

　優秀な先祖が貴族として土地を与えられ、今ではすっかり古い血筋となった。しかも代々先祖に恥じることのない程度の成果は出しているため、独特の立ち位置にいる。その跡継ぎにとって、それだけでも重圧はかなりのものだろうに、色々と教えてくれるはずだった父はいないのだ。

「幸い、幼い君の弟は魔力もあって魔術の才能もありそうだから、家庭教師を送り込んで周囲に口出ししないようにさせている。本人が力不足と感じて悩むことはあっても、実際に落ちこぼれることはないさ」

それもこれもエレオノーラの正式な婚約者になったことで可能だったのだろう。

そのとき、不意に目を背けていたあることを思い出した。

「あの……弟で思い出したんですが、わたしの……お母様は、どうされているかご存じですか？」

行きすぎる商品から視線をレオンに移し、いつかは直面しなければならない、無視できない疑問を投げかけた。すると彼は沈黙の間を繋ぐように曖昧《あいまい》に微笑み、しばらくの後、腕に絡めたエレオノーラの手に触れた。今日は手袋をしておらず、高貴な顔立ちに反して使い込まれた皮膚の厚い手を晒《さら》していた。

「きっとなるようになるさ」

彼は笑顔のまま言った。

ひょっとしたら、彼ですらこの問題は先送りにしたい厄介なものなのかもしれない。何せ相手は自分の尊敬する人の妻である。

「なるんでしょうか？　わたしは、そろそろ乗り込んでこないかとても不安です」

距離があるとはいえ安心できるほどではない。母は行動力のある人だから。

「いいかい、エラ。世間の評判というのはほとんどの人間を黙らせる、偉大な力を持っているんだ。それが国に貢献する偉大な功績ならなおさらだ」

レオンはエレオノーラをなだめるように指を撫《な》でた。

「娘が天から降ってきた権力を手に入れたからといって、黙るような方でしょうか？」

母は娘が権力を持とうが、自分の意志を押し通す。その折れない心は騎士の妻に相応《ふさわ》しいが、それは娘に向けても発揮されるので始末が悪いのだ。

「エラ。彼女が黙らなくても問題ないんだ」

物怖《ものお》じしない母の気質を知っているはずの彼は、迷いなく首を横に振った。

「でも、頬を叩いてでも連れ帰ろうとする気がします」

「それを気にしなくてもいいんだ。君を連れ帰るのは無理だから」

騎士に取り囲まれてもひるむような女ではないことを知っているレオンは、楽しげに首を横に振る。

「エラが儚くて可哀想な少女という評判ならどうなっていたか分からないが、君は父親譲りの女傑として有名になったから、誰がどう見ても立派に自立している」

「じょ……じり……？」

自分とはほど遠い表現は、何度言われても戸惑いを隠せない。

「ああ。君はしっかりして見えるから。見えるってのが大切で、保護欲をかき立てる女性というのは、それはそれで苦労するだろう」

実例を知っているエレオノーラは深く頷いた。

「体調のことで塔を離れられないと時間を稼いで成人するのを待つこともできるし、当主から指名された後見人の俺もいるから、君を連れ戻す権利は彼女にはない。立派な娘を困らせているのだから、世間も君を支持して、母親に対して子離れするように諭すだろう」

娘の抵抗は無視できても、世間の風には逆らえない人だ。

エレオノーラが父親に似た勝ち気な顔のおかげで、しっかりしているように見えるのは知っていたが、それが自立に役立っているなら、自分の理想とした可憐《かれん》な女の子でなくてよかったとも思えた。

「わたしの家出と父親似の顔が役に立つなんて、何が役に立つか分かりませんね」

レオンはエレオノーラの反応を見て楽しげに笑うと、ふいに立ち止まって荷車で商売をする男からドライフルーツを買った。

「これはガエラスのベリーだよ。エラの故郷はブドウの産地だから、珍しいかな」

と彼は嬉しそうに一つつまんで食べてみせる。エレオノーラも手を差し出そうとしたが、それよりも先に口元に差し出される。

幼い頃に父にされた時は、恥ずかしくて拒んだ行為だ。しかし意地を張るのもおかしなものだと、意を決して小さく唇を開けた。

放り込まれたそれは、干しぶどうと違ってベリーのつぶつぶした種の食感があった。

「お菓子に入れたら美味しそうですね。でも、ガエラスの食品がもう入ってきているんですか？　わたしが体力作りをしている間に、ずいぶんと変わったんですね」

「まだ食料品や調べやすい日用品だけで、毒の騒ぎがあってから検査も厳しくしているんだが、まっとうな商人の出入りは喜ばしい」

「喜ばしいですが、あの騒ぎは商人にとってもとんだ逆風だったんですね」

「ああ。商人が市民に向けて売っている物はまず安全だから、こうして買って皆に広めているんだ」

「また来て欲しいんですね」

彼は小さく頷いた。少し恥ずかしげなのは、保護したいのが彼の好物だからだろう。

「日用品に偽装した魔導具なんかもあるから、魔力の有無で検査してる。魔力で引っかかっても、無害なら研究所の魔術師が確認して特殊な許可証を出しているんだ」

研究所の支援をしているのはオルブラ伯だから、研究以外ではそういった仕事も彼らの日常業務なのだという。

自分の成果を話すレオンは、いつもよりも浮かれている気がした。獅子《しし》というより、獲物を見せてくれる猫のようである。

「エラ、あそこにある店のパイが美味しいんだ」

エレオノーラが返答をする間もなく手を引かれた。互いにそういった料理が好きだと分かっているとはいえ、本当に浮かれている。

「本当に美味しそうですね」

「ああ。倉庫街に住んでるご婦人の店で、よそ者達を見張る意味と、少しでも搾り取ってやろうってことで手軽に食べられるパイで出店したらしい。この時間は焼きたてだから、エラにぜひ食べて欲しくて」

たくましいだろうと自慢げな彼を見て、エレオノーラは笑みを浮かべた。

(こんなに浮かれるなんて、レオン様も普段の仕事でストレスがたまっているのかしら？　いえ、全部押しつけちゃっているから当然かもしれないわ)

彼は生まれながらに高い教育を受けているとはいえ、このように都市一つを作り直すようなことはしたこともないし、教えられてもいないはずだ。しかも手伝ってくれる役人達は、王族だからと遠慮をしているだろう。

エレオノーラと三つしか年が違わない青年には、かなりの重荷のはずだ。だからこうして何も考えずに過ごせる日も、彼には必要そうだ。見張り付きとはいえ、外で自由にできる機会など彼にもほとんどないだろう。

彼が疲れたように見えたら、声をかけてそういう日を作ろうと決めた。エレオノーラにできるのは、人間関係で気を使う程度のことだけなのだ。

そうこうと歩いている内に、倉庫街まで歩いていた。買った物を歩きながら食べたり飲んだりする間についてしまい、邸宅と塔の距離と変わらないような気がした。普段しないことをしていると、時間は早く感じるのかもしれない。

オルブラに一番近いこの集落は、街道沿いに店が並び、右手側には倉庫らしき屋根が見える。閉まっている店も多いが、開いている店は繁盛していた。

「ここは戦争が始まる前は国境を越える商人や、越えてきた商人の買い付けで賑わっていた宿場町のような場所だった。だから問屋も多い。休業していた店も多かったんだが、最近は賑わいが戻ってきた」

閉まっている店も、そのうち再開するのだろうと思わせる賑わいだ。

「エラ、こちらが問屋だ」

レオンの案内で、裏路地のような場所に入っていく。道沿いには食べ物屋や宿、宝飾店などが多かったが、ここにくると鉱物や石などの素材を売る店が多い。日用品を売る店や、安宿のようなものもある。

「役人の介入がないから治安がいいとは言えないから、側を離れないようにな」

店の雰囲気からそれが真実だと感じ、荷物を抱え込んだ。ふいに足を止めて、さらに細い路地を指さした。古びた店先には、可愛らしい人形が座っていた。その服がとても可愛かった。

「あっちに行きましょう」

「あ、いや、奥に行くには……」

エレオノーラはちらりと見えた店に心惹かれ、レオンの腕をぐいぐい引いた。気になった店の中には壁一面に布が積み上げられていた。

「いらっしゃい」

作業中の女性が、針を置いて立ち上がった。

「こちらの店は、生地の小売りもしていますか?」

「もちろん。服の仕立てもできるよ。お嬢さんせっかくの美人なのに、そんな地味な服じゃぁもったいないわ。清楚《せいそ》にしても、もっと華やかな方が似合うと思うよ」

エレオノーラはぎくりとした。しかし顔立ちだけを見ての発言だから、曖昧に笑う。

「残念ながら、あまり綺麗《きれい》だと危ないから地味にしてきたんだ」

「ああ、確かにこれだけ華やかだと変な男に絡まれやしないか心配にもなるわね」

「本当はそこの小物屋に行こうと思っていたんだが、この店が気になると言ってな」

ちらりと外に座った人形を見た。

「あれはあまりの布で作ったのさ。あれぐらいの人形の服を作りたいなら、いい生地があるよ」

と、彼女は店を見回した。

店の奥には光沢のある生地があり、手前には決して品質がいいわけではないが、手頃な生地があった。同じ綿や麻でも、部屋にある物と比べれば粗悪だが、それでも素朴さ、風合い、柄の奇抜さ。いろんな生地が、エレオノーラの胸を高鳴らせる。

「この生地なんて、カーテンにしたら可愛いよ。新婚の家にはぴったりさ」

新婚の言葉に、肩が跳ね上がる。恋人ならともかく、そのように見えるとは思いもしなかった。

「あぁ……いや、結婚はまだ先で、家具も何もかも用意されているから、カーテンは必要ないな。今日は彼女の趣味に使う生地が欲しいんだ」

女性はちらりとレオンを見上げ、彼はにこりと笑って返す。そんな彼の顔から視線を下ろし、服や靴をちらりと見る。服は借り物だが、靴は二人とも自前の物だった。

「じゃあリネンはどう？　替えはいくらあってもいいよ。服だってそう。地味にしても、もう少し似合わせないと。安く見せればいいってもんじゃないからね」

金を持っていると判断されたようで、ぐいぐいと勧められる。女性が相手だからか、レオンは少し困っていた。

「今日のところは、小物を作りたいからいろんな小さな布を少しずつ欲しいのだけど。贈り物で、ぬいぐるみも作りたいの。ボタンとかも欲しいわ」

エレオノーラは求める物を言うと、彼女は肩をすくめて
「ああ、そういうの。いいよ。それじゃあここにあるのはどう？　こっちもいいよ」

と、女店員はエレオノーラが求める小布を積んだかごを出してくれる。エレオノーラにとって、それは宝の山だった。

「レオン様、少しお時間をいただきますね」

「日が傾くまでならいくらでも」

使い道のない生地から、品質のよい生地もあり、玉石混淆《こんこう》だった。宝探しのようでとても楽しい。勧められるがままリボンも買ってしまった。

「可愛いリボンがこんなにあるなんて、とってもいい買い物をしました」

「ここの客は女の子ばかりだからね」

と、ちらりと彼女はレオンを見た。すると彼は小さく咳払《せきばら》いをする。

「エラ、そろそろ帰ろうか。日が傾いてきた」

「そうね。ここらは夜はちょっと危ないから、お嬢さんみたいな子は早く帰らないと」

地元民が言うなら、その方がいいのだろう。

「はい。また来ますね。今度は必要な分を計ってから来ます」

邪魔にならない程度、自分が作った物を部屋に置きたい。身なりを気にしないジュナにも何か作りたい。

「せっかくのデートでこんな所を選んでもらえるなんて、嬉しいねぇ。本当に来てくれたら、その時はとっておきのを用意しておくよ」

デートと言う彼女の視線に、似合わないというような侮蔑《ぶべつ》や嫉妬《しっと》の色はなく、急に気恥ずかしさを覚えた。

昔は彼と並んで歩くだけで不釣り合いだと言われたから、身分も知らない他人から、お似合いだとばかりに眺められるのは悪い気はしなかった。

「それは嬉しいな。俺の可愛い人は可愛い小物作りが趣味なんだ」

「美人なのに家庭的なんて、そりゃあこんな店まで付いてくるわよね」

店員の女はくすくすと笑った。レオンは上機嫌にエレオノーラの肩を抱き、買い物の戦利品を抱えて店を離れた。

「ふふ、やはり地元の女性は元気がいいな。いい買い物ができたようで連れてきたかいがあった」

レオンがエレオノーラの戦利品が詰まった袋を持ち上げて言う。自分の物ばかり買っていたが、彼は何も買っていない。そして、今日は視察だったと思い出す。

「あ、その、わたしばかり申し訳ありません……そういえば視察でした」

「つまり視察なのを忘れて楽しんでくれたということだ。気に入りの店までできて嬉しいな。次を約束してしまったし、また来よう。次は早めの時間に来て、もう少しゆっくり見られるようにしようか」

彼は楽しそうに言う。女の買い物など楽しくないことの代表だろうが、おくびにも出さないから、うっかり全部信じてしまいそうになる。

どこまで本気なのかまったく分からないところが、彼の怖いところだ。

「えっと……次は、レオン様の見たい場所に連れていってください」

一人で楽しむのは申し訳なくて、小さな声で提案した。

「俺の？　だとしたら、順番的には鉱山かな。その時は正式な訪問になるけど、俺も正式に案内されたことがなくて、楽しみにしてるんだ」

それは本当に彼が興味を持ちそうな場所だった。

「鉱山はいいですけど、危ない場所には立ち入らないでくださいね？」

「いやいや、俺がそんなことするはずないだろ」

「お父様がレオン様の好奇心が旺盛で困るとおっしゃっていましたから」

「えっと、それは子どもの頃だよ。今は大人になったんだ」

そう言って、彼はばつが悪そうにそっぽを向いた。最近は妙に大人びた態度だったが、今のは少し昔の彼を思い出す。エレオノーラの体調不良を口実に、パーティーを抜け出して二人でお菓子を食べたのは、彼らが戦場に行く半年も前ではない。

あの時はすでに母の妊娠が発覚していたから最初の婚約の話が流れたばかりだったはずだが、彼はエレオノーラの手を引いて何を思っていたのだろうか。

過去の優しい思い出にふけるその時だった。

見知った背中を見つけた。

「シェリー？」

エレオノーラの料理人が前を歩いていた。

戸惑っていると、彼女はすぐに角を曲がってしまい、思わずその背を追う。

「エラ？」

「シェリーがいたの。こんな時間に一人じゃ危ないわ」

彼女はオルブラ市内に住んでいるはずだから、こんな所にいるのは何か用があってだろう。しかし不調なのにこんなところにいて、何かあっては大変だ。

「じゃあ、護衛の一人を向かわせようか」

「でも、せっかくだから、直接挨拶《あいさつ》したいわ」

エレオノーラはスカートの裾《すそ》を持ち上げて小走りする。歩きやすいブーツを履いてきたのと、日頃の体力作りのかいあって、すぐにその背中に追いついた。驚かせないようゆっくりと近づいて声をかけよう。そう思い観察しながら近づくと、シェリーの様子がおかしいことに気付いた。

スカーフで頭を覆っている。それは珍しくはない光景だが、それに加えて人目を気にするように周囲を見回していれば違和感を覚える。

とっさに身を隠して振り返った彼女の視線をやり過ごすと、今度は足音を立てないように背を追った。

「エ、エラ。護衛に任せない？　彼女は独身だから、男と待ち合わせかもしれないし」

「レオン様、様子がおかしいと思ったから一緒に隠れたのではありませんか？」

「あ……うん」

レオンは目をそらして言う。彼はエレオノーラ以上にちゃんと尾行している。それは彼女の予感を裏付けているようなものだ。

さらに道を進むといくつも倉庫があった。しかしそんな場所にシェリーがいるのは違和感がある。彼女には縁のない場所のはずだ。

レオンが舌打ちし、後ろに手で合図を送る。何か知っているだろう行動に、エレオノーラは少しだけ苛立《いらだ》ちを覚えた。もちろん表には出さないが。

レオンはエレオノーラを関わらせたくないようだが、事情を説明するつもりのない彼が指示を出してきても、ただ従うつもりはない。その指示が正当ならもちろん従うが、今日の彼はどうにも従いたくない雰囲気を醸し出している。エレオノーラはわがままだから、危険がない限りは自分の勘を信じて行動することにした。

レオンは諦めたようでそれ以上は何も言わないが、エレオノーラよりも前を歩いて、エレオノーラの手を引いて上手く物陰に隠れてシェリーを追ってくれる。

「まったく、身体がよくなった途端、おてんばを発揮するんだから」

それではエレオノーラがおてんばなようではないかと憤慨する。エレオノーラはできれば自分の足では歩きたくない怠惰な人間だ。

「シェリーは、私にとって大切な人なんです。レオン様が想像している以上に」

ここまでシェリーを遠ざけられて、彼女が何かに巻き込まれていると気付かないほどエレオノーラは愚かではない。それもことがことだから仕方ないと今までは黙っていたが、今は黙る時ではない。

「まったく。何もしたくありませんって言いながら、しっかりとやるところが本当に父親と同じでびっくりする。そういうのも嫌いじゃないんだけど……」

彼はクロードに対して、言い切ることもできないもやもやした感情を持っていたようで、なんとも言いがたい表情でエレオノーラを見た。

「お父様、レオン様にも『何もやりたくない』とごねてたんですね」

しぶしぶやる程度だと思っていたが、ちゃんとごねていたようだ。

「そりゃあ無理やり自分達の教師として引き抜いたからな」

教官役ですら嫌がっていたのだから、散々嫌がられたのだろう。王族の近くにいたら、自分の礼節も見られるから気を抜けない。

それでも結局やらされたのは、レオンが上手く操縦したからだ。

「しぃ。物音を立てないように」

レオンがエレオノーラの唇の前に指を立てて、シェリーが倉庫の中に入っていくのを見て慎重に移動する。

「もう、本当に馬鹿なことは考えないでおくれよ！」

突然、倉庫の中からシェリーの罵声《ばせい》が聞こえた。

「こんなことして何になるって言うんだい⁉ こんな怪しい連中を雇って、どうにかなると思ってるのかい⁉」

エレオノーラ達がいる場所では、声は聞こえても姿は見えないが、倉庫の中には怪しい連中がいるらしい。

「うるさい。あの小娘がお忍びで外に出てくる機会なんて、滅多にないんだ。あの小娘さえいなければ、やりやすい領主にすげ替えられるんだよ」

二人のやりとりを聞いて、エレオノーラは怒りを覚えるよりも前に疑問がわき、首を傾げた。

言いたいことは理解できたが、本人に聞かれているようで、どうやってエレオノーラを害するというのだろう。

「帰り道を狙《ねら》われていたとしても、本当なら今頃帰っているし……どうして？」

身内以外につけられている気はしない。もしそんな連中がいたら、排除されているし、何よりもシェリーの言い方から『怪しい連中』は、今もあの中にいるのだ。今更動いても遅すぎる。

「実は、明日《あす》、エラがお忍びで視察をするって情報を流してるんだ。しばらく前から綺麗にしていたから、来ること自体は誰も疑わない」

　エレオノーラは額に手を当てた。それで整ったからせっかくだし前日に案内して、当日は反乱分子をあぶり出そうとしたようだ。

「……お父様が教えたやり口ですか？」

「よくわかったな」

　場所が場所でなければ、彼は豪快に笑っていただろう。クロードは強いくせに、搦《から》め手が好きで、実力勝負はしない人だった。

「はん。あの魔術騎士の王子様がいたら、エラ様に危害を加えられるはずがないでしょ。あんたは魔術師を理解してなさすぎる」

「はっ、王族に手を出すはずがないだろう。まったく、おまえが上手くやっていたらこんな苦労もなかったんだがな」

「あんたが馬鹿なのは勝手だけど、勝手に巻き込んでおいて何を馬鹿なことを。こんな杜撰《ずさん》な方法で、上役連中に罪を着せられると思ってるのかい？　そんな馬鹿なことをするはずがないって、誰も疑っちゃいないよ。だいたい、それで蹴落《けお》としたって、自分がそこに座れると思ってるのかい？　そんな浅はかなことをする前に、あたしの娘を返してちょうだい」

「今返したら、あの女に密告するつもりだろう。毒消しを飲ませなければ、娘が死ぬのを忘れるなよ」

レオンの眉間《みけん》にしわが寄る。エレオノーラもほとんど同じ表情をしているだろう。

「……だいたいは分かっていたんだ。娘が人質になっていることは」

レオンは申し訳なさそうに言った。

「そうなんですか。それで罠《わな》を？」

レオンはため息をついた。彼も苦労をしているようだ。エレオノーラが気付かないようにという気配りはいいのだが、気付いていたので逆効果だ。対処しきれないほど知らされるのは困るが、何も知らなすぎるのは考え物で、今後どうしていくか悩みどころだ。

「そこにいるのは誰だっ」

突然の誰何《すいか》の声を聞き、エレオノーラの肩がびくりと震えた。外を見回りしていた若い男が細い道から出てきた姿が見えた。

レオンはため息をついて、持っていた生地の包みをエレオノーラに渡す。

「少し待っていてくれ。無謀な馬鹿どもを片付けるから」

にっこりと笑い立ち上がると、先ほどまでは影も形もなかった剣を手にしていた。

「まったく、こんなに俺を侮ってもらえるなんてどれぐらいぶりだろう。びっくりするぐらい過剰に警戒されていたから逆に新鮮だ」

敵国は侮ってくれなかったようで、彼は妙に楽しげに抜剣し、切っ先を声が聞こえた方に向けた。視線を向けると、その先に人が転がっていた。

何をしたか分からなかったが、何かをした結果人が倒れていることは理解できた。エレオノーラは魔力の感知もできないから、本当にいつやったかもわからなかった。

「エラ、ここから動かないように」

そう言うと、彼は外の声を聞いて倉庫の中から出てきた男へと足を向ける。どこにでもいそうな粗末な服を着た男は、短刀を手にレオンへと斬《き》りかかる。

「ふぅん。立ち向かってくるのか」

レオンが剣を横に振ると、突然、男が持っていた短刀が砕けた。

エレオノーラの頭の中が困惑で埋め尽くされる間にも、レオンはエレオノーラのように困惑していた男を殴り倒して次に出てきた男の肩に剣を突き立てた。

「魔術師対策をしたという割には、ずいぶんとお粗末だな」

そう言って刺した男を蹴り飛ばし別の男へとぶつけると、彼らはただ蹴られただけには見えない勢いで、後方にあった樽《たる》を巻き込んで吹き飛んだ。

「そういえば、お父様も理解不能な戦い方をされていたわね。殺し合いにお上品さを求めるのは馬鹿だろうとか、叱られそうなことをおっしゃっていたわ」

他人の目があると普通の騎士らしい常識的な剣術を見せていたが、身内だけになると口調も荒くなり、効率を重視して剣すら使わないことも多々あった。

「そういう所を、レオンはお気に召していたんですね」

と、突然エレオノーラの横に座り込んだのは、ここにいていいはずのない、隣国の王子であるテオだった。

「テオ様⁉　なぜこんな場所に⁉」

彼は元々地味な雰囲気で、同じ場にいても気付かないことが多かったとはいえ、訓練を受けているわけでもないのに、声をかけられるまでまったく気付かなかった。

「うちの国の刺客がいたら僕が対処しないといけないからですよ。僕はうちの国の魔導具なら無力化させられるんです。ああ、合流した理由だったら、僕らが一緒にいれば護衛の数が少なくてすむので、人手を割けるからですよ。レオン一人でもどうにかしてしまいそうですが、そういうわけにもいきませんし」

エレオノーラは混乱したが、彼が唇の前に指を立てたので、大きく息を吸い込んで自分をなだめた。

「あの……レオンのあれ、引かないであげてくださいね」

テオは言いにくそうに言った。

「君には最高に格好いい自分を見せたいって、あれでも大人しめに戦ってるんですよ。ほら、血しぶきが出てないでしょう」

テオの言葉を聞きながら、エレオノーラは楽しげに下手人《げしゅにん》の意識を刈り取っていくレオンを見た。剣で戦っているとは思えないほど、流れる血は少ない。

「痛そうな音はしますけど、運が悪くなければ生きていそうですね。というか……」

　レオンは背後から斬りつけてきた男の手をつかみ別の男へと投げつけ、追い打ちをかけるように倒れたところに容赦なく頭を踏む。彼は心なしか——。

「レオン様、楽しそうですね」

「そうだね。最近、あまり身体を動かしていませんでしたから。彼らは、ほら、物心ついてからずっと身体を動かしてきたでしょう。運動が大好きなんですよ」

　言葉を柔らかく選んでいたが、つまりは暴力で解決し慣れているということだ。

　出口に立ち塞がり、誰一人逃がさないとばかりに暴力で解決している最中のレオンは、とても生き生きしている。

「そういえば、お父様も身体を動かすことは好きだったわ。憂さ晴らしに殴っていい相手がいると喜んだもの」

「さすが、レオンの師匠ですね。だけど彼のアレは憂さ晴らしというより、彼なりに、エラさんに頼もしいと思ってもらえるよう、色々と計画していたのがご破算になってしまい、どうせなら格好いいと思ってもらおうとしているんですよ。きっと」

「格好よく……？」

「レオンはあれで、見栄っ張りです。僕も最近知ったんですが」

　よく分からないが、テオがこう言うならそういう一面はあるのだろう。

「でも、魔術師対策をされているらしいのにどうしてレオン様は平気なんですか？」

「彼は普通に魔術を使っていないんですよ。遠距離攻撃は魔剣の力で制御しているので、通常の魔術対策は効果がないんです。ああやって一つ噛ませるのは魔術を使って戦う者にとって常識だそうです」

　魔剣は希少で高価だが、レオンほどの身分なら持っていないはずもない。父が持っていた魔剣の効果はもっと分かりやすいものばかりだったが、彼の剣はどういう魔剣なのか見るだけではさっぱり分からなかった。

「……あの剣は見たことのない効果ですが、どうなっているのですか？」

「どうなっているのかは分からないのですが、レオンが使っているからああなのだと聞きました。彼は魔術の方が得意で、魔剣は魔術師が使った方が真価を発揮できます。君の父君よりも上だろうと言われてたらしいですよ」

「お父様よりも……」

　エレオノーラは驚いて絶句した。しかしそれほど驚いた自分にも驚いた。

「……そういえば、お父様よりも上という言葉は初めて聞きます」

「そこまで……あれだけできるレオンが、一点だけようやく超えられたと思うと涙ぐましいというか。引くほど憧れるだけのことがある方だったんですね」

　レオンのクロード好きはテオも引いていたようだ。クロードのことを何げなく語り、やがて引かれていく光景が簡単に思い浮かんで、くすりと笑う。

だがレオンが自分の実力を発揮できて、見せつけるのが楽しいと思うのは理解できる。エレオノーラが作品を喜んでくれる子どもにあげるのと、根本的には同じである。

「格好つけたいくせに、エラさんに汚い物を見せるのは嫌だと、実はあなたの影武者も用意してこっそり対処するつもりだったんです。ですが現場に自分から出向くなんて、エラさんは持っていますね」

彼はエレオノーラが排除されてことが進むことを危惧《きぐ》していたのに気付いていたようで、親指を立てて朗らかに笑った。悲鳴と人を殴る音が響く殺伐とした現場だと忘れてしまいそうな、朗らかな笑みだった。

レオンにとって必要な人材だから友人になったのだと思っていたが、案外本当に気が合って友人になったのかもしれない。

「ふぅ、こっちは終わったぞ」

「はい、こちらも制圧完了しました」

レオンが声を上げると、別の悲鳴が聞こえていた方から爽《さわ》やかな返事が聞こえた。

「ど、どうして騎士様がこんなところに……って、王子様じゃないですか!?」

動揺した女の声が聞こえた。

「どうしてだと？　そりゃあ明日に備えて準備をしていたら、君が動いてここの場所を教えてくれたからね。まさか人を集めて襲おうとするなんっ」

「シェリー！」

エレオノーラはレオンの脇《わき》を通り抜け、戸惑っているシェリーに飛びついた。

「シェリー、怪我《けが》はないわね？」

この倉庫に入った時のままの無事な姿の彼女は、幽霊でも見たかのように驚愕の表情を浮かべた。乱闘が近くであったのに、彼女は怪我一つせずにすんだようだ。

「え、エラ様!?　なんでエラ様が!?」

「布を買っていたら、あなたの後ろ姿が目に入ったのよ。だめじゃない、自分でどうにかしようなんて。ああいう人達は権力と暴力による説得でないと聞きやしないわ」

彼女は絶句した。

「娘さんが心配ね。居場所を聞き出して迎えに行きましょう。解毒剤が見つからなくても、無事に保護さえすれば毒なんてジュナ達がどうとでもしてくれるわ。あれでも術者としても優秀なのよ」

エレオノーラはシェリーの手を握り、レオンを見上げた。彼は引きつった笑みを顔に貼り付けていた。

「それでよろしいかしら？」

「エラがそれを望むなら。誰か彼女の娘さんをお迎えに行ってくれ」

レオンがそれだけ言うとハンカチで手を拭《ぬぐ》い、エレオノーラの空いた手を握った。

「エラは帰ろうか。うちの連中で対処できないような見張りを、人質につけたりはしないから」

つまり対処できるだけの騎士を向かわせてくれるのだ。

「……そうですね。帰りましょう。シェリーも屋敷で一緒に待ちましょう」

エレオノーラはシェリーに視線を戻して言う。するとレオンがため息をつく。

「エラ、彼女に戻ってきて欲しい気持ちはよく分かったから、そんなに心配しなくてもいいよ。君から取り上げなければならないほどの関与はしていないから」

レオンは呆れと諦めを滲《にじ》ませた表情を浮かべて言った。

「……本当に分かってくださったんですか？」

大人というのは、相手が必要としても自分が不要と思う物を親切心で取り上げてくれようとするものだ。彼はそういう意地悪はしないが、安全のためなら分からない。

「はは……さっきの笑顔を見たらよく分かったよ。君に牽制《けんせい》されたくはないから、君の意志に反することはしないと誓うよ」

彼はそう言いながらも、すねているように見えた。彼はシェリーを戻すことより、それを阻止されるのを恐れたエレオノーラの行動が気に食わないようだ。だが、塔のことを最初は強行したように、すべてを自分の思い通りにしてもらえるわけではないのを知っている。彼は自分が許す範囲で望みを叶《かな》えてくれているだけなのだ。

「レオン、すねないすねない。潔くすっぱり諦めた方がいいですよ。暴力も微笑ましげに眺めてくれるような肝の据わった女性が、反抗しないはずもないじゃないですか」

テオが小馬鹿にしたように言えば、レオンは唇を歪《ゆが》めた。

「本はといえば何も言わない自分が悪いんですよ。ちゃんと元通りにすると約束していれば疑われなくても済んだのに。いつまでも引き離して、別の料理人に真似させようとしたら、不信感を持って当然です」

まさに、その通りの理由の不信感で、エレオノーラは小さく頷いた。

「褒められたいからって、何もかも見えないところでやるのは悪手でしたね。保証もしない、何も言わないなんて、エラさんの望まない結果にするって言ってるようなものですよ。いつもならそこまで気が回るのに、恋で周りが見えなくなっているんじゃないですか？」

テオの『褒められたい』という言葉は理解しかねるものだったが、レオンの気まずそうな表情は彼の言葉を肯定していた。

テオはエレオノーラにちらりと視線を向けて皮肉げに笑う。

「……ほ、褒められたかったのですか？」

エレオノーラは驚いて小さく問いかける。レオンは小さく息を呑んで固まり、代わりにテオが彼の肩を叩いて答えた。

「そうですよ。格好いい、素敵って言って欲しいって下心たっぷりで、日々動いていたのに、肝心のエラさんは真っ先にシェリーさんの所に駆け寄るからすねたんです」

ああやってシェリーを確保するのは、エレオノーラ的には当たり前すぎて首を傾げた。絶対に、一日でも早く戻って欲しかったのだ。それにレオンは、やたらと賛辞を向ける相手は信頼せず、やんわりと距離をとる男だ。

「レオン様は、そういう言葉を向けられるのはお好きではないはずですが……」

そういう女は例外なく上手くあしらわれて距離をとられていた。

「下心を向けてくる相手と、婚約者は違うでしょう。好きな相手には、ちやほやして欲しいものですよ。真面目《まじめ》そうな男の例にもれず、むっつりなんですよ」

「ちょっ、おまっ！」

レオンは頬を赤らめ、テオの顔面をつかんでその口を塞《ふさ》いだ。テオは必死にその手を叩いて抗議している。

確かに彼は誇らしげであった。それは褒めて欲しかったのだ。

「レオン様……とても……お強くて感心しました」

美点でできているレオンを今更どう褒めればいいのか悩みながら、喜びそうな言葉を探した。他人に言われて距離を置かなかった言葉を。

「え、そんなに弱いと思われて？」

「いえ、父が認めていたのですから、お強いのはよく分かっていました。まるで父のようで、懐かしさすら覚えました」

　すると、彼は今まで見たことのないほど、顔を真っ赤《まっか》に染めた。

「『暴力はだいたいの問題を解決できる』とお父様もおっしゃっていましたが、確かにこの場合は権力ではなく剣を使うのが問題を解決する最適解だったと思います」

「そ、そうだろう。生かしたまま捕まえられるのも、皆が日頃鍛えているからなんだ」

　彼は本当に嬉しそうに力説した。獅子というより、褒められたい犬のようである。

「でも、そうか。クロードのようだと……」

　彼は本当にクロードが好きなようで嬉しそうだった。彼はエレオノーラが知らないところでは、クロードにはこういう顔を見せていたのかもしれない。

（やっぱり、お父様がいないと褒めてくれる人がいなくって、認証欲求が満たされなくなっていたのね）

　クロードは彼を褒めて持ち上げて背を押して働いてもらっていた。それが彼にとって実はいい影響を与えていたようである。

「はあ、まったく。殿下はエラちゃんのことになると知能が下がるよな。デートを楽しみに無茶もするし」

「クロード様も、殿下が自分の娘の前だと馬鹿になるのをどう思っていたのやら」

「婚約を許してくれたんだから、悪くは受け取ってなかったんだろうけど……」

騎士達がひそひそと囁き合うのを聞き、自分の考えも少し違うような気がした。近いが、違うのだ。しかしレオンの褒め方は間違っていなかったし、彼の本当の望みは分からない。

レオンが騎士達を睨《にら》み付けると皆は口を閉ざし、再びテオが声をかけてきた。

「シェリーさんを連れ帰るのはいいですが、この先も彼女を信じられるんですか？」

「自分で毒を食べている時点で、疑うのは馬鹿らしいのでは？　商人が身内を使って商品を売り込むのは普通ですし、少なからずそういう使用人は他にもいます」

シェリーは知らなかったか、知っていたから自分で毒を口にしたのだ。だから、常識的に考えて知らずに食べたと押し通すことにした。

「一緒に味見をして倒れた騎士も彼女に怪しい様子はなかったと言っていたのですよね？　何の訓練も受けていない彼女に、毒だと分かって口にする胆力はないでしょう」

毒だと分かっていれば様子はおかしくなるはずだ。味見もためらいすらしなかったのなら彼女は知らなかったのだ。

「さ、行きましょう。もう暗くなってしまいました。ジュナに叱られてしまいます」

「……そうだな。ジュナさんが心配するな。ああ。彼女は純粋に君の友人だから」

今度の返事は、先ほどの不機嫌が嘘のように上機嫌だった。

「そうだな。エラは、この方がエラらしいな。男に媚《こ》びて解決しようなんて、エラが考えるはずもないんだった」

エレオノーラは彼の言うことが理解できなかった。なぜジュナの話題で気を取り直したのか、さっぱり分からない。媚びて他人の力を使って解決しようとする人間は彼が嫌っているのを知っているから、頼っても、媚びないようにするのは当然である。

「レオン様？」

彼の気持ちが分からず問いかけると、小さく首を横に振った。

「エラ、君に君を守るための権力を与えると前にも話したろう。これからはもう少し権力の使い方を学べるようにしようかと思うんだ」

「え、権力の使い方？」

いきなり話が飛んで戸惑い、騎士達を見る。彼らも呆れ顔で上司を見つめていた。

「君が剣の代わりに使いこなさなきゃいけない、剣よりも怖い力だよ」

どんな事情があるにしても、欲望のためにそれを握り潰せるのが権力である。

「今回は君に好意を持つ俺達だからよかったけど、これを他人にされたら君は少しも信じずに、待ってもくれなかったろ？　そういう時に役に立つのが権力だ。それがあれば自分だけの力で欲しいものを多少の危険はあっても手元に置いておけるし、自分で守ることもできる。必要だろ？」

エレオノーラは頷いた。

「確かに、必要な力ですね」

奪われたくないから警戒した。しかしそれも、レオンの好意を信じているからできる行動だ。彼に好意がなければ、もっと意地の悪い方法で確実に引き離されていただろう。レオンのように紳士で好意的ではない力のある人物と相対する時、もっとも役に立つのは権力だ。

「ああ。もちろん明確な悪意があれば、君がなんと言おうとあらかじめ排除するけど、そうでないなら自分で対処してもいいんだ」

危険でないならこの先もすべて彼に操られていなくてもいいし、それなら自分で対処できるようにしておこう、という彼らしい言葉だ。

「自分で……対処」

「本当の意味で自立したいなら、できた方が安心だろ？」

そのように言われたのは初めてだった。自立して見えるのではなく、本当に自立した人間にしてくれようというのだ。

選んでもいいことはあったが、自分の好きに対処することなどなかった。

それがどんな贈り物よりも、心を大きく揺さぶった。

自分が自分で対処するなどと言う、面倒そうなことで心が揺さぶられていることに対する動揺はある。

面倒そうだなという忌避感はある。だがそれでも悪くないという気持ちがあるのだ。

（まさか、わたしにそんな願望があったなんて）

ずっと面倒なことは嫌だと思っていた。だが、それはどうせ自由にできないなら、という諦めの心だったのかもしれない。

「本当にいいんですか？」

「エラはほっとくと戦場目前の都市に家出するとか、斜め上のことをするからね。だったら権力を使って他人を巻き込んでくれた方が、周りが止めてくれるから安心だ」

「な……なるほど？」

レオンがエレオノーラを教育する方向に変えた理由を理解した。エレオノーラは自分が嫌なことをされた時、どう出し抜けるか考えて動いていた。自分で考えるより、他人の意見を噛ませた方が齟齬がなくなる。

そこまで常識外れな女だと思われていたのは悲しいが、今の地位を持った自分の思い切った行動は、周囲を震え上がらせる結果を生むだろう。

「分かりました。なんとか、頑張ります」

レオンに負担をかけたいわけではないという気持ちは変わらない。なら、双方が楽になるようにするため、多少の面倒や難しい仕事も受け入れようという気になった。

そんな気分になってしまうのだから、レオンは本当に口が上手い。

◇◆◇◆◇◆◇◆◇

懐かしくすら感じるシチューを口にして、ぽろりと涙がこぼれ落ちた。

赤ワインで煮込まれた羊は、癖もなく軟らかい。薬草入りのパンにつけると、頬が落ちそうだった。

「あぁ、美味しい。苦くない、えぐみがない、食後に不味《まず》い物を飲まなくてもいい」

涙が出るほどの喜びというのは生まれて初めてだった。人間らしい生活には、人間が食べるものだけ食べる必要があるのだ。

「泣くほど……薬草が入っているのはパンだけなのか？」

レオンは緊張して黙っていたシェリーに問いかけた。

「特別食べにくい薬草はパンにだけ入っています。他の薬草は健康にいいようなものなので、他の方にも食べていただけますので、殿下もどうぞ」

「エラのパンを俺が口にするのはよくないと」

「魔術を使っている方には相性が悪いそうです。詳しいことは魔術師様にお尋ねください」

効能を理解しているのではなく、ただの食材として使いこなすシェリーの解説を聞き、薬の効能をちゃんと調べただろうレオンはため息をついた。

「料理長が作るのと何が違うんだろう」

「ああ、刻む時に注意しないとえぐみが出るんですよ。普通の切り方をしてたらだめなんです。あまり噛んでも苦くなるので、パンの堅さにも気を使うんです」

確かにシェリーのパンはあまり噛まなくても食べやすいのだ。

「つまり職人の技か……」

レオンはおずおずと質問に答えるシェリーに、次々と質問を投げかけた。食事の前に聞けばいいと思うが、最近のレオンはまた忙しくしているから、食事中にしか機会がないのである。

「ではパン以外は他の料理人が作っても問題ないということか」

「はい」

「レオン様。わたしは純粋にシェリーの味が好きなんですけど」

じろりと睨み付けると、彼は首を横に振った。

「彼女が風邪でもひいて寝込んだら困るだろ？　それに料理人がもっとエラに食事を作りたがっているし。エラが彼女を重宝したい気持ちは分かるが、元からいる料理人達も大切にしたいんだ」

彼が板挟みになっているのは知っているし、料理人が嫌いなわけでも、口に合わないわけでもない。エレオノーラの好みに合わせていく技術もあるはずだ。

「レオンがエラさんに危機感を持って欲しいのは理解できますが、屋敷内でそれをさせないのは身の回りを担当する使用人達の仕事ですよ。あのレベルの料理人を手元に置いておきたい気持ちは分かりますけど、あまり料理人のことばかりだと、他の使用人の献身を軽視されていると思われかねない」

テオがシチューを掬《すく》いながら言う。何度も掬っては落として、何が入っているか見極めようとしているが、色の濃いシチューなので難しいだろう。

「そうですよ。エラ様が唯一固執する食のことで折れろというのも可哀想じゃないですか？ただ薬草が嫌すぎるだけだから、折れてもらうってことは、我慢しろってことですし。泣くほど喜んでるんですから」

ジュナもテオに同意した。久しぶりのシェリーの作る料理ということで、念のためにジュナも同席することになった。疑うのならテオには食べさせなければいいのだが、テオが食べてみたいと言い出してこうして四人で食卓を囲んでいる。

つまりエレオノーラのわがままは、約束通り通してもらえたのだ。しかしそれでも油断しきることは、レオンにはできないのだろう。

「だが、あまり優遇しても周りの視線が痛いのは彼女だぞ？」

「それはお気になさらないでください。実力不足というならともかく、皆さんに迷惑をかけてしまったのは本当ですから」

迷惑という言葉に、レオンはため息をついた。

シェリーに毒の混入した食材を渡したのは、彼女の亡くなった夫の身内らしい。恐ろしいことに後ろ盾のない母親の立場は弱く、女一人では育てられないと親戚が善意で子どもを育てることは珍しくないし、それが許されている。

引き離されていた娘は使用人のように使われていたらしいが、家の中のことでなら手伝うのは当然で、子どもが幼い内は取り戻すのは難しかったそうだ。

権力の使い道が一つ決まった。

「ただ権力者との繋がりを求めているだけだと思ってたとはいえ、勝手な判断でエラ様にとんでもない物を出すところでしたから」

シェリーはため息をついた。

よくある話ではあるが、それがきっかけで正規の手段を通さず主《あるじ》が口にする物を持ち込めるのは問題だと、レオンは使用人達にも徹底して教育するように指示をしたらしい。それがきっかけで使用人が身内を贔屓《ひいき》していたのが露見して、中止された取引もある。

品質が見合っていれば注意だけで済んだのだが、そうでなかったからの結果なのに、シェリーを疎ましく思う使用人は少なくないらしい。

「君はそれでいいだろうが、完全な被害者である娘さんは違うだろう。いじめとも言えない微妙な嫌がらせを受けたりしたら俺では助けにくい」

救い出されたシェリーの娘は、シェリーが使っている使用人用の部屋で一緒に暮らしている。その子どもを働かせるのは論外というレオンの命令で、学校にも行かせる手続きをさせている。それを優遇していると思う使用人もいるらしい。下手《へた》にかばえば、状況は悪化するだろう。

「そういうことでしたら、エラ様のパン類や菓子類をあたしが作って、他は薬として飲むというのはどうでしょう。そうしたら食事は自由です」

だからシェリーが自らがこうやって仕事を譲ってしまうのも当然だった。彼女にとって大切なのは娘との生活である。だが、わがままなエレオノーラは首を横に振った。

「スープもシェリーのがいいわ。あと、内臓料理は絶品よ」

「それは……分かる。臭みがなくて美味《うま》かった。高級な酒よりも、少し安めの酒が欲しくなる素朴な味だった」

エレオノーラが力説すると、レオンも王子とは思えない発言をした。

「シェリーは臭み消しとかが得意なんですよ。食材の使い方が上手いんです」

見た目は庶民的で客人には出せないとしても、日常的に食べるならその方がいい。

「確かに肉の生臭さもハーブの青臭さも感じませんね。今の料理人と上手くやれる技術はあるので、料理長の気持ちの問題ですね」

深刻そうに言うテオ。使用人同士の縄張り争いは、上級職になるほど苛烈《かれつ》になる。

「……わたしの家って、縄張り争いって意味では平和だったのね」

「豊かなブドウ畑のおかげで、おおらかな人が多かったからね。君の母君が一番ピリピリしていたぐらいだし。ここはよくも悪くも皆気が強い。だから君みたいな行動力のある女性が好まれるんだけど」

エレオノーラは母の存在を思い出し、額に手を当てた。

「お母様とはまた違うピリピリな気がしますけど」

思い出し、口元に手を当てた。

「エラさん、そこまで母君のことを……」

テオがエレオノーラの様子を見て呟《つぶや》いた。

「いえ……母のことは、嫌いではないんですが、叱られる時の声を思い出すと胃と頭が痛くなって……」

「俺もクロードの、あれが可愛いと言い張るのだけは理解できなかったな」

と、レオンが遠い目をして言う。

「本当に女傑らしい性格は、お母様なんですよね。わたしみたいな小心者が、女傑だなんて言われているのを知ったら、お母様は衝撃を受けるでしょうね」

「いや、君は小心者とはまた違うと思うが……エラの意識も変えていかないとな」

レオンがため息をついた。

「エラ様、変なところで自信と自覚がないのよね。こんな所に単身乗り込んで、真っ先に狙われる塔の上でくつろげる肝の据わった人は小心者とは言わないって」

ジュナが香草も入っていない白いパンにバターを塗りながら言う。彼女は日頃あまり食べられないものを、いい機会だからと堪能している。

「あたしもお手伝いしたいところですけど、何度言っても大げさだって言うんです」

「友人である君でもか。まったく頑固なのは誰に似たのやら」

レオンは懐かしむようにエレオノーラを見た。

最近の彼は、ジュナを友人として認め、彼女のエレオノーラに関する意見は信じるようになっていた。エレオノーラ自身の言葉よりも信じている節がある。クロードもよくそんな扱いを受けてしょげていた。エレオノーラの場合は、しゅんとはならず、すねた気持ちが強い。

「あらあら、あたし達の愛《いと》しい領主様がすねてますよ」

「とられるのはあたしの方なんですか？」

「友人が俺に加担するから面白くないんだろう。エラが嫉妬するなんて可愛いな」

「そりゃあそうだろう。嫉妬してもらえたらそれはそれで嬉しいけど、彼女は俺が他の女性になびかないのを理解しているから」

嫉妬という気持ちは予想もしておらず、エレオノーラは驚いた。

「そっか。そういう考えもあるんでしたね」

自分はクロードとは違い、彼の妻になるのだと思い出す。

「ほら。俺が有能な人材を拾うのが趣味だと思ってるから、君のこともこき使うと思われてるんだ。そうしたら、君とお茶をする時間もなくなりかねない」

「エラ様、そういうところは子どもよねぇ」

その通りの心配をしていたので、ぐうの音も出なくなる。

「父親を幼い彼女から引き離してしまったのだから、心配するのも仕方ない」

「同じ市内にいるのに馬鹿馬鹿しい心配ね。あたしは自分の好きな事以外で忙しくするのはごめんだし、今までも忙しくない時だけお茶してたでしょ」

その通りだ。彼女は自分の実験にのめり込むと、自分の飲食を忘れ、エレオノーラのことも忘れていた。

「ええ。そうね。でも、ジュナが忙しくしていたら、差し入れを持って行くわね」

そうすれば、彼女が仕事明けに死人のように顔色を悪くすることもなくなるのだ。

「っく……俺は差し入れなんて持って来てもらったことないのに」

「しっかりしすぎるからですよ。少しだらしないぐらいでないと、世話はやけません」

「確かに、クロードの世話をすることはあっても、されることはなかったな」

クロードはだらしのない男だったから、レオンが彼の世話を焼く姿は容易に想像がついた。

そうしてレオンは警戒心の強いクロードの心を開いたのだ。娘と結婚させてもいい——義理の息子にしてもいいと思うほど。

（お父様も子どもが生きて幸せになってくれるなら、家のことは婿でも養子でも構わないって言ってたけど、本当は息子が欲しかったんでしょうね）

男親は息子を特に可愛がるらしい。

(せっかく義理も本物もできたっていうのに、肝心のお父様がいないのが、皮肉よね)

エレオノーラは皿に残ったシチューをパンでさらいながら、これからが楽しいはずだったのに死んでしまった父を哀《あわ》れんだ。

4章　運命的な贈り物

「はぁ……」

爽《さわ》やかな朝、小鳥のさえずりに潜ませて辛気くさいため息をついた。

シェリーのことが解決して二週間経《た》ったが、未《いま》だに周囲は緊張しており、その空気がエレオノーラの気分を落ち込ませていた。大半の市民達は毒を混入した商人が捕まって安心して、日常を取り戻しているのだけが幸いだ。

しかしレオン達はさりげなく警戒を引き上げている。それは何も解決していないのを意味していて、エレオノーラを気落ちさせるのだ。

それでもエレオノーラは前と変わらず都市内を歩いて回る。護衛の騎士を引き連れ、自分だけの服を着て、心なしか品揃《しなぞろ》えが増えた商店をのぞき、人々に声をかける前向きに見える日々だ。

こうした姿を見せながら継続することで、人々は安心するし、エレオノーラは健康的になる。

痩《や》せて欲しい部分はまったく痩せないが、手足は筋肉がついてきたので引き締まって前よりも少し細く見えるようになった気がした。いつか今よりもすっきりと見える体つきになれるかもしれない。

緊張と、慣れと、親しみはゆるやかにエレオノーラの感覚を麻痺《まひ》させていった。

(最近は接客も少し慣れたのよね。あれだけ苦手意識があったのに、不思議だわ)

エレオノーラの元によそから来る客は、手紙のやりとりをした権力者か、その使いである。彼らが求めているのは魔力を帯びた鉱物で、そのために差し出す物を見せに来る。めまいがするような金額の話にも少し慣れてきた。もし買う側なら違ったかもしれないが、有利な売る側なのでいくらか気が楽だった。

「はぁ」

順調に前に進んでいるように見えるからこそ、ふいに感じる騎士達のピリピリした空気が気になるのだ。

エレオノーラは窓辺のコマドリを見て、もう一度ため息をつく。

市民にもらった餌《えさ》台に置いた雑穀を食べてしまったのに、彼らはまだそこにいる。手を差し出せば手の中に入り込んでくるだろう。野生はどこに行ったのだろうと思う人慣れした彼らは、いつものように遊んでくれるのを待っている。

いつもならこの愛らしさに夢中になっているところなのだが、

「エラ様、可愛《かわい》い生き物を目の前にしているのに飛びつかないなんて、そろそろ身体《からだ》が辛《つら》くなってきた？　塔に行くよう手配する？」

ジュナに問われて、考えた後に首を傾《かし》げた。この感覚は、魔力をしばらく抜いていないからかもしれない。

「おかしな感覚で、不調なのかどうかよく分からないのよね。いつもなら分かりやすく身体が重くなるのに、今回はなんだか周囲に敏感になって、ふわふわした感じなの」

「耳飾りの効果ではないでしょうか。魔力を吸った分を、持ち主に守りの効果として還元できるのですが、許容量の確認テストなので効果はちゃんと設定してなかったんです。そのせいで感覚に影響が出ている可能性があります」

と、テオがエレオノーラの耳にぶら下がる耳飾りを眺めた。

「そんなことあるんですか？」

「僕も初めて聞きますが、これだけの魔力量があれば影響が出てもおかしくないですから。自分の魔力程度では分からないことなので、とても勉強になります」

ジュナも参加し、研究者同士が仲良く観察する。これには塔の頃《ころ》から慣れている。異国の王子様とはいえ、研究者は研究者なのである。

テオは小型の魔導具の加工が得意らしく、この耳飾りの魔術的な加工に手を貸してくれた。最近は防衛のために大物ばかり使っていた魔術師達は異国の最先端の技術に興味津々で、その技術を一番近くにいるジュナが吸収しているところである。

自分達の技術は出さないが、相手の技術は欲しいという、実に自分本位の話だが、テオは嫌な顔一つせずに受け入れてくれている。それは、彼がエレオノーラを守ると宣言した理由からだというのは明白だ。

「一つでは一週間が限界ですか……」

「以前は四日しかもたなかったのですからずいぶんとエラ様の身体の負担が少なくなります。アクセサリーは数を増やしていくと重いですから」

この調子であれば首からいくつも宝石と鎖をさげたり、すべての指に指輪をはめたりしなくてもよさそうでほっとする。

「本当に惜しみなくいい素材を提供してくれたおかげですよ」

「皆さんには、もう一度お礼をしないといけないわね。実家にいた時はワインですんだけど、何を贈ればいいのやら……」

地域の特産物は使えない。わざわざ実家から取り寄せるのは、土地に馴染《なじ》もうとしている最中では、反感を買う可能性もあるし、母に気付かれるからやりたくない。

「そのあたりはもう考えてくれていますよ。贈り物の風習などもありますから、よそから来た二人に考えさせるなんてことはありません。使用人に聞けば、すぐにリストを用意してくれますよ」

テオの指摘に、エレオノーラは頷《うなず》いた。

「そうね。レオン様にこき使われているから手を煩わせるのは申し訳ないと思ったけど、マナーの違いとかもあるものね」

田舎《いなか》娘がどれだけ考えても最善の答えなど出ないだろう。

「この場合はレオンがこき使っているのではなくて、レオンがこき使われているんですよ。コネと能力のある上司なんて、活用しない手はありませんから、容赦のない要求の嵐《あらし》ですよ。故郷が危険に晒《さら》された人々は強いですからね」

互いに助け合っている姿を思い浮かべ、くすりと笑う。

「だけど最近はエラ様が近場の散歩ばかりだから、騎士様達が退屈しているし、そろそろ塔に入りましょうか」

「え、まだ大丈夫なのにいいの？」

「まだってことは、影響が出てるってことだからいいのよ。何日まで影響が出ないか確認はしてるけど、何日が限界か試してるわけじゃないのよ」

エレオノーラは内心喜んだ。塔に行っていいと思うと、エレオノーラの脳内に光がぱぁっとさしてきて、それだけで身体が軽くなって跳び上がりそうだ。

以前ほどの旺盛な食欲はないが、食事を美味《おい》しく食べられるようになったから、また太り始めていないか少し不安だったのだ。

「エラ様、普通は生きているだけで変な感覚になったり、苦しいなんてことはないの。少しでもおかしいなら病気よ。治そうとするのは当然だから、最良の治療法があるのに我慢しろなんて人はいないわよ。費用がかかるわけでもないし」

ジュナは言い含めるように言う。

「でも、限界を見極めなくてもいいの？」

「限界に近づいても死ぬわけじゃないでしょ。見極めてるのは健康的な限界よ」

確かに昔から寝込むことはあっても、高熱が出た時ほどのめまいではなかったし、落馬した時ほどは痛くなかった。

「だいたい、エラ様が辛いことを激甘王子が許すはずないでしょ」

「レオン様はそれほど甘い方ではないと思うけど」

「それは男に対してであって、エラ様には蜂蜜《はちみつ》みたいに甘いのよ。厳しいこと言ってそうな口ぶりと雰囲気で甘やかしてるじゃない」

きっぱりと言い切るジュナ。エレオノーラは戸惑ってぬいぐるみをもみしだく。

「確かに内容はまったく厳しくないし甘いけど、無言の圧力とかあるでしょ？」

顔を合わすとじっと見つめられ、特に何もしていない日に今日《きょう》は何をしたか聞かれると少し緊張するのだ。

「好意の視線を圧力と受け取るのはさすがにお可哀想《かわいそう》だからやめましょう」

「好意……そういう見方もあるわね」

「じゃあ、どういう視線だと思ってたわけ？」

「ほら、レオン様って効率重視の方だから、成果を見ているでしょ？」

「いやそんな……でも、確かに自分の婚約者が何をしたか知って、次は何をすべきか考えてるのは、成果を見ているとも言えるわね……」

ジュナは額に手を当てた。好意があるからこそ段階的に進められているのは分かっている。しかし子犬か何かにするように、効率よく躾《しつ》けられているような気持ちになるのだ。

「まあ、それは殿下の癖《へき》だから、受け入れるしかないんじゃない？　だめな子扱いされるよりはいいでしょ？」

効率よく人材を集めて生きている彼に、だめな子ほど可愛い、というような目で見られたら立ち直れなくなりそうだ。心からよくできたと思って欲しい。

それを愛だと受け取れるほど、エレオノーラの心は図太くできていないから。

「それにエラ様をじっと見るのは、エラ様の顔色が分かりにくいから悪いのよ」

昔からよく言われた。一日体調が悪かったのに、前触れもなく倒れる子扱いされてきたのだ。親からしても分かりにくいようだった。

その時、エレオノーラの部屋のドアがノックされた。

「エラ、今から朝食だと聞いたが、一緒にどうだい？」

レオンの声だった。朝食で移動できる程度に、今日は余裕があるらしい。

「はい。どうぞお入りください」

彼はすでにテオまでが部屋にいるのに驚きながら、エレオノーラの手を取った。

「おはようエラ。今日も美しいね。いつもより顔色が……よくないな？」

すでに化粧されているから、少し自信なさそうにエレオノーラの顔をのぞき込み、手袋を外して額に手を当てた。レオンの琥珀《こはく》色の瞳《ひとみ》が、エレオノーラの目の前にある。

あまりの距離に、心臓が早鐘を打った。額にキスをされる時とは違って目が合ってしまうから、より近く感じる。

「ち、近いですっ」

エレオノーラは見つめられることに耐えきれなくなり、レオンの肩を押した。離れてもまだ心臓が騒がしい。死因が羞恥心《しゅうちしん》だとしたら笑えない話だ。

「ああ、すまない。熱はないから、魔力がたまっているのか。身体は痛くないか？　君はすぐに無理をするが、少しでもおかしなところがあるなら、遠慮なく言うんだよ」

「い、いえ。少し感覚がぼんやりしているだけです」

彼はちらりとテオを見てから、朗らかな笑みを浮かべた。

「ぼんやり？　では、今日は予定を変えて塔に行こうか」

あの圧迫感のある視線が好意からというのは、ジュナの言う通り疑いようもない。圧迫感を覚えたことに罪悪感がわいてきた。

「でも、以前とは不調の感じが違って、倒れそうとかではなくって、とても不思議な感じなんですよ。音がちょっと響いたり」

「それを世間では難聴って言うんだ。エラ、まさか、どれぐらい耐えられるかを実験していたりしたのか？」

「ええ、まあ。そうした方がいいのかなぁ、と」

　レオンは額に手を当てて目を伏せた。

「するにしても、君の不調と世間の不調の差を自覚しないと意味がなさそうだな。まったく、困った人だ」

　顔をのぞき込み、黄金色の瞳でエレオノーラを見つめる。彼がエレオノーラの何を観察しているのかは分からないが、観察する理由は分かる。

「エラ、俺が言うのも何だけど『将来のために今する苦労を苦にしない』なんて家訓に素直に従うのはどうかと思うぞ？」

「そんな家訓は聞いたことありませんが」

「じゃあ、君達親子特有の思想？」

　クロードの『早く隠居したい』という思考での行動だろう。エレオノーラは隠居したいわけではないが、そう思われる行動だったのだと少し反省した。

「エラ、耳の調子が悪いなら、馬車の用意をさせる。その間に食事にしよう」

「あ、じゃあ塔に行くってシェリーにも伝えないと」

エレオノーラがシェリーへの伝言を侍女に頼むと、レオンは苦虫を噛《か》み潰したような顔をしていた。

「最近、シェリーが娘を一番愛している女性でよかったと心から思うよ」

「シェリーは、娘がいなければそもそも裏切りませんよ？」

「そういう意味ではなくて……俺でもそれほど信頼を受けていないのに」

エレオノーラは驚愕《きょうがく》に目を見開いた。

「そんなことはありません。信頼しているから自分のこともお任せできるんです」

「もちろん、信頼できない相手に方針を委ねたりしないと分かっているよ。ここにいてくれるだけで、君の信頼は感じられるから」

一度嫌なことから逃げるために家出をしている身なので、嫌だったら気軽にどこかへ逃げる人間だと思われても仕方がない。

「もう、家出はしませんよ？」

「もちろんだ。だが、したくなった時は先に言ってくれよ？」

家出をしたいほどのことが起こった時、彼とは仲違《なかたが》いしていそうだが、もしそうでなければ相談すべきだろう。

「ああ、いいですね。可愛い幼なじみとか憧《あこが》れませんか？」

「テオ様なら候補者なんていくらでもいたでしょ」

「いないから、うらやんでるんですよ。王子ではありますが、あるのはコネだけですから」

テオと騎士達が囁《ささや》き合うのを聞き、レオンは彼らを睨《にら》み付けて、しっしっと手で追い払った。

◇◆◇◆◇◆◇◆◇

エレオノーラは塔の上まで階段を上ると、自分の体力向上を実感した。昔は息が上がっていたのに、今日はほとんど息の乱れはなく、身体も軽い。

「日々の運動がこれほど身体を楽にするなんて」

「そうだろう。適度な運動は身体にいいし、身体は努力に報いてくれる」

部屋まで付き添ってくれたレオンが笑顔で言う。

他《ほか》の護衛やジュナ達は外で待っている。シェリーは屋敷で昼食を作っているのでまだいない。

「頑張れるって、素敵なことなんですね」

昔の動くと身体が辛くなる頃は、この領域に至るまで頑張ることができなかった。できていればずいぶんと身体がよくなっただろうに、結果が出るかも分からない努力はできなかったのだ。

「そう思うと、頑張っても結果が出るとは限らない研究を続けている人達はすごいわ。こんな大きな装置を作って日々地道な努力をするなんて、わたしには絶対に無理です」

「それは同意だな。大がかりなほど、失敗した時は立ち直れないだろう」

ベッドに腰掛け、半分ほど物が残っている部屋を見回した。

「少し物を持ち出しすぎただろうか。まだまだ通わなければならないのに」

レオンは物が減った部屋を見回して言う。お気に入りは持ち出したから、残っているのはベッドとテーブルセットと戸棚だけだ。

「一晩泊まるだけですから、これで十分です。でも、こうして見ると、確かにここで過ごすのは退屈そうに見えるかもしれませんね。趣味が外でしかできないことだったら耐えがたいんでしょうね」

「君は一日の大半を一人で過ごしていたけど、寂しくはなかった？」

「可愛い小鳥さんも遊びに来てくれたし、たまに人も通りかかって、手を振ってくれましたから。あ、でも。最初の頃は夜がちょっと怖かったかもしれません」

「怖い？　確かに飾り気がないと不気味だろうな」

「いえ。中ではなく、外の物音が怖かったんです。防音魔法をかけてもらった一番の理由です。昼の爆音も嫌ですけど、夜に聞こえる鎧《よろい》とかの金属の音って本当に怖いんです。首なし騎士は怖い話の定番じゃないですか」

「鎧……え、じゃあ、夜に俺達が様子を見に来ていたのが怖かったと？　それで防音されてしまったと……なんてことだ」

心配して様子を見ていた相手に怯《おび》えられていたと知ったレオンは、顔を引きつらせて無理に笑った。

「ごめんなさい、そうとは知らず……でも、本物も出るらしいので。害はないし、塔の中は聖域だから入ってこないらしいんですけど、怖いじゃないですか」

「え、本当に出るの？」

「はい。戦争を始める以前も、この辺りは積み荷を狙《ねら》った賊で物騒だったそうで」

「ただの噂《うわさ》話だと思ってたが、魔術師が言うなら本当に出るのか。彼らがエラを無駄に怯えさせるようなことはしないだろうし」

彼も以前と違い、魔術師達がエレオノーラを大切にしていることは理解してくれた。それが嬉《うれ》しくて、エレオノーラは笑顔で頷いた。

「送ってくださってありがとうございます。そろそろ装置が作動し始めるので、出ていかれた方がいいと思います。初動が一番魔力を持っていかれるので」

「では、何かあったらすぐに声をかけてくれ。今は防音されていないから、お互いの声が聞こえる。俺は天幕を張って書類仕事をしている」

レオンはエレオノーラの頬《ほお》を一撫《な》でし、名残惜しげに部屋を出た。

「……わざわざこんな所で仕事をなさるなんて……本当に真面目《まじめ》な方ね」

エレオノーラなら護衛を残して帰るか、気晴らしに遊んでいるだろう。外でする遊びに興味がないから、木陰で編み物になるのだが。

「さて、たまには大人《おとな》っぽい小物でも作ろうかしら。ぬいぐるみばかりだと、子どもっぽいと勘違いされそうだし」

子ども達にぬいぐるみのような物しか作れないとは思われたくない。

「カフスをレオン様に贈るのはどうかしら？　いえ、だめね。王子様に贈れるほどの腕はないわ」

悩む内に、塔の中央に置かれた石が輝き始めた。魔力を吸われる感覚を覚える。装置が発動できるだけの魔力がたまるには、もうしばらくかかる。

「ハンカチに刺繍《ししゅう》するのが一般的よね。でも獅子《しし》は無理だから、植物が無難かしら」

エレオノーラは悩みながら窓の外を見て、何かいい植物がないか眺める。ついでにビスケットを砕いて小皿に載せて、窓枠にそっと置く。

ちらりと地上を見れば、静かに訓練を始めていた騎士と目が合う。かけ声がないのはエレオノーラへの配慮だろうが、クロードが生きていた頃から音を立てない訓練をよくしていた。それが戦《いくさ》で役に立っていたのかもしれない。

「植物かぁ。レオン様はよく花をくれたけどわたしの趣味に合わせてくれたものだし……お父様は野菜と果物と木材は好きだったわね」

おかげでレオンまで好きな果物を干して、常に持ち歩いている。

「だめね。最近、すぐにお父様を絡めて考えちゃう。レオン様のことを言えないわ」

彼がエレオノーラを見てすぐに父のことを口にするのはどうかと思っていたが、よく考えれば、口にしていないだけでエレオノーラも彼を見ているとすぐに父を思い出したり、比較したりしていた。

エレオノーラは首を振って感傷を振り払い、窓から離れた。レオンと父はいつも一緒だったから、意識しないのは難しい。

「……レオン様が、父親似のわたしを見てお父様を思い出すのも仕方ないことよね」

悪口ではなく、思い出話だ。彼がエレオノーラを見て幸せな記憶を思い出せるなら悪くない。クロードがいつも連れてきた王子様は、エレオノーラにとっていい思い出だ。彼から同じように思われているなら、こそばゆく感じる。

ヒヨヨと、聞き慣れた可愛らしい鳴き声が聞こえて顔を上げる。エレオノーラはビスケットを必死についばむ、オレンジ色の顔を見てくすりと笑う。

「この子、屋敷の方にも来ていないかしら？」

鳥の顔の見分けはつかないが、この柄と体格と食いつき方は少し見覚えがあった。

「なんて食いしん坊で可愛いのかしら。よし、この子を刺繍しましょう」

この都市の象徴的な鳥である。コマドリの一種らしいが、身体の緑味が強い、この地方にしかいない種類らしいのだ。

「子どもっぽくならないように、それでいてやっていて楽しいように」

癒やしの鳴き声を聞きながら図案を考える。その時、観察していたコマドリがいきなり飛び立ってしまった。

残念に思って眺めていると、別の場所からピィーピィーと甲高い鳴き声が聞こえた。

それを上書きするように、取り乱した鳴き声と、大きく羽ばたく音が響いた。何事かと空を見回すと、何かが飛んでくるのが見えた。

「何かしら、カラス？　より大きい……え、ワシ？　タカ!?　が小鳥を追ってる？」

狩りで使うような大きな鳥がこちらに飛んできている。追われた小鳥は上昇し塔の上へと向かった。大きな鳥もそれを追うだろうと目で追う準備をしたのに、大きな鳥はなぜかまっすぐエレオノーラのいる塔の窓へ向かって飛んできた。

「え、なんでこっちに来るの!?　肉はないわよ!?　目が悪いの!?」

動揺していると、その大きな物が足に何かを持っているのに気付いた。茶色い包みのような物だ。

（あ、これはまずいやつだわ）

包みが目に入った瞬間、頭はのんびりとそう判断した。

その間にも大きな鳥は、窓から侵入し、それを手放した。

頭の中はのんびりとそれを認識しつつ、身体はさっと動いて分厚いテーブルを蹴倒して、その陰に隠れて耳を塞《ふさ》いだ。

次の瞬間、衝撃が走った。


それは若い騎士達だった。

「今日もエラ様はお綺麗《きれい》だったなぁ」

「大きな力の代償としては小さいけど大変だよな。辛いのにいつも何でもないように涼しげにしてて、健気《けなげ》だよな」

「ああ。世話好きのレオン様的にも、尽くしがいがあっていいよな。じゃないと何も手がかからなすぎて、レオン様はすねちゃうぜ」

「確かに、クロード様も性格の欠点が愛嬌《あいきょう》になって、みんなに世話焼かれてたよな」

エレオノーラに憧れる彼女と年の近い純粋な少年達は、気になってしまうのか、間が空くと塔の上をちらちら見て、彼女の話題を口にしながら組み手をしていた。

彼女は大人びた知的な美人だから彼らがのぼせるのも無理はない。可愛らしい彼女の妹は少し身近な憧れとして人気だったが、話しかけやすく手が届きそうな雰囲気を持っていた。姉の彼女はその逆で、手が届かないからこその憧れやすさだった。話しかける勇気すらないから、好きなように憧れられるのだ。

彼らの口はうるさいが、身体は音を立てていなかったので目をつぶった。

そんな時だった。

「なんだ、あの鳥」

その言葉に皆は視線を上げた。影が見えた。それは大きな猛禽《もうきん》類で、エレオノーラの癒やしのコマドリが飛んでいるのに、それに見向きもせずに塔の上を目指していた。

明らかに訓練を受けた動きであった。

「まずい、まだ結界を張っていないっ」

「とにかく射落とせっ」

近くで弓の訓練をしていた騎士に命じるも、鳥は放たれた矢をすべてかわして飛ぶ。腕が悪いのではない。当たりにくいよう左右に動いていたのだ。

エレオノーラが入ってまだ時間が経っていないから、塔はまだ安定していない。安定しない限りは結界は張れないし、指示を出すのも間に合わない。

「くそっ」

「まずいっ」

そう思った時にはすでに遅く、塔の上から「ぼんっ」と現実味のない爆音が響いた。

開け放たれていた窓と壁材が吹き飛び、地面に落ちる。

同時に、地上でいくつもの悲鳴が上がった。

「エラっ」

レオンの足は勝手に動いて、駆け出していた。背後から声がかかるが、聞こえない。

腕の中で息を引き取った、彼女と似た男を思い出しそうになる。

あの時に比べれば、大した規模ではない。塔も崩れてはいない。魔力の高い人間は頑丈だ。殺そうと思ってもなかなか死なない。鳥が運べる程度の爆発物では、大した威力はない。

(だから、俺なら魔導具でも防ぎにくい呪《のろ》いや毒物もまき散らす)

考えるだけでぞっとする。頭の中は真っ白で、嫌なことばかりがはっきりと見える。自分がとんでもなくのろまになったように階段を駆け上がる足の動きが遅い。

「くそっ」

後ろ向きになって思考を鈍らせている己に嫌気がさした。だが訓練して鍛えた足の動きは健気なほどにいつもの通りで、鈍いのは自分の頭だけだった。後ろ向きな発想だろうが、可能性があるなら思考を研ぎ澄ませて対処しなければならない。

「毒をまかれているかもしれないから気をつけろ」

言いながら、鼻と口を覆うようにハンカチを巻く。動けなくなっていては、助けられるものも助けられない。一番の悪手は、考えないことだとよく知っている。

あと少しで塔の上。そう思った時、階段に何かが落ちているのが見えた。エレオノーラのぬいぐるみだった。視線をさらに先に向けると、金色の髪が広がっているのが見えた。

「エラっ」

手すりに寄り添うように倒れている姿を見て、理解するより先に彼女に駆け寄って顔を隠した髪を横に払う。

頬が薄汚れて、少し擦り傷ができてはいたが、それ以上の目立った外傷はない。喉《のど》に触れると少しひんやりしているが、皮膚の下は脈打っていた。さらに下を見れば、ふくよかな胸は上下に動いている。

「よかった」

力が抜けて、へたり込みそうになった。

「うわ、床が抜けたのか。床板も薄いし、重そうな家具だったから仕方ないか」

ニックが天井を見て呟《つぶや》いた。頭上にあったはずの床が半分ほどなく、テーブルやベッドが階段に落ちていた。

「まさか、こんな爆発でほとんど怪我《けが》がないなんて」

後から来た騎士が言う。

元々は木製の見張り塔を魔術で操った石で覆った塔だ。木製部分はそれほど丈夫ではなく、底が抜けたのは指摘のあった通り重い家具のせいもあるだろう。それでも床が抜けるほどの爆発なのに、エレオノーラは大きな怪我などしていなかった。

「そこに落ちてる壊れたテーブルが焦げてるから、あれに隠れたんだろ。クロードおじさんはエラにも最低限の身の守り方は教えていたから」

さすがクロードの娘だと感心しかけ、レオンはわずかに目に刺激を感じ、我に返りエレオノーラを肩に担いだ。

「目が痛い。毒を仕込まれているかもしれないから早く離れるぞ」

「もしそうなら、むしろ壁が吹っ飛んで床が抜けたからエラ様は助かってるのか？」

「だったら早くジュナさんに診てもらわないと」

エレオノーラに害がないとはっきりしているジュナは、彼らが安心して憧れられる数少ない若い女性の一人だ。若い女性と話ができるというだけで嬉しいのか、彼らは暢気《のんき》に笑い合い、落ちていたぬいぐるみを拾って埃《ほこり》を払った。

ぬいぐるみを保護するのはさすがだと感心しながらも、これからのことを考えて頭が痛くなる。

エレオノーラが無事に目を覚ませば、それですべて終わりではない。また狙われたのだ。しかもエレオノーラの体調維持に必要な場所が破壊された。

「こんなことなら、塔だけでも結界を維持していればよかったのか……」

「想定してなくて、できなかったんだから仕方ないじゃないですか」

塔だけ結界で覆うことはできるが、通常の結界を発動させられるまで魔力が満ちないと発動しないのだ。だからエレオノーラが塔に入ってしばらくしないと塔は守られなかった。それでもこれだけ護衛がいるのだから、大丈夫だと油断していた。

自分の油断を後悔しながら階段を降りると、地上では騎士達が弓を構えて周囲を警戒し、テオが指示を出していた。

「あんなもの爆発させずに長距離を運べないし、鳥と爆発物を操るために近くにあの鳥の飼い主がいるはずだから誰一人オルブラから出さないでください。城壁があるから、絶対に都市内にいます」

駆けつけた魔術師に封鎖するよう頼み、身軽な騎士達が馬車の屋根に上って周囲を見回し指示を出す。ここは彼らに任せても問題なさそうだ。

「エラっ！」

塔の隣の施設から出てきたジュナが、声を上げて飛んでくる。エレオノーラに対して強い恩を感じている彼女は、誰よりもエレオノーラを優先して考える。王族であるレオンを睨み付けてくるほど大切にしている、信頼できる人物だ。

そんな彼女はエレオノーラを見て、レオンにお構いなしに脈を測り、顔色を確かめ、安堵《あんど》の表情を浮かべた。彼女だからこそ、その様子を見てレオンも再び安堵した。人体に対する心得がある彼女の安堵は、自分の見立てよりもずっと安心できた。

「ご無事なようですね。荷物みたいに持つのは……まあ仕方ないとしますが」

ジュナはレオン達を見て、その落ち着き様から察して胸を撫で下ろす。レオンはエレオノーラの位置を少しずらし、彼女を腕に乗せて人形のように抱いた。

エレオノーラの体温と息づかいを感じて、言いようのない幸福感を覚える。

死とはかけ離れた生きている温かさと、穏やかな吐息だった。

「ここでは何ですから、研究所へ。そこにはちゃんとした医療術師もいます」

ジュナは安堵の色をすぐに消し、いつもの冷たい雰囲気を身に纏《まと》って、ついてくるようにと塔の中に入る。そして階段ではなく、奥の扉を開いて中に入る。そこには収納でもあるのだと思っていたが、地下へと続く階段があった。

「え、こんな所に階段？　まさか、ここからも研究所に続いているのか？」

「ここからも続いているのではなく、ここが正式な入り口ですよ」

そう言うとジュナは階段へと足を踏み入れた。その瞬間、足下に火が灯《とも》ったように明るく輝いた。

「え、地下研究所!?　なんて浪漫《ろまん》あふれるっ」

テオが階段を見て感極まって声を上げた。しかしすぐにそんな場合ではないと我に返り、落ち着いた仮面をかぶり直す。だが、彼の好奇心旺盛さを騎士達は知っている。そのおかげで、彼とレオンは出会えたのだから。

「申し訳ありませんが、テオ様にはこのまま地上で指揮を執っていただきたいのでご遠慮いただけますか？　犯人については、テオ様の方が詳しいでしょうから」

足を止めたジュナに頼まれると、テオは肩を落とし、かなり本気で残念がった。すぐにそんな場合ではないとまた表情を戻すも、目には強い心残りが見て取れる。

ジュナは薄い唇に弧を描き、前を向いて地下への階段を下りていく。レオンは数名の騎士を連れて後に続く。

「この先には、犯人を捜すにはぴったりの施設があります」

「そんなものがあったとは。すべて隣の建物でやっているものだと」

「塔の様子を直に見やすいから地上にいましたが、本体は地下です。地下は神聖な場所ですから。この地下施設の存在は市民のほとんどが知っているので、入り口を見られたことは問題ありません」

他国の者だろうと、中身さえ見られなければいいらしい。

思ったよりも長めの石造りの階段を降りると、石壁が延びるように通路が続く。そこを少し進むと、ドアが見えた。

「お父さん、エラ様が」

「ああ、見ていた。すぐにこちらに」

ジュナが駆け込むと、中にいた白衣の男達が出迎えた。

レオンは今までここに研究施設があるなどと思いもしなかった。市民が知っているのだから、あえて黙っていたのだ。今ここに入るのを許されたのは、領主となったエレオノーラと婚約し、認められたからだ。

「ん……こ、これは？　ここは？」

腕の中でエレオノーラが身じろぎ、目を覚ました。澄んだ青空のような瞳が、研究所の人工的な照明を受けて宝石のように無機質に輝く。

「エラ、大丈夫？　痛いところはない？」

問いかけるともうろうとしていた彼女の目に力が戻り、顔が歪《ゆが》んだ。

「うっ……背中が痛い。あ、そういえば大きな鳥が……床が抜けて」

エレオノーラはレオンの胸に縋《すが》りついた。言葉がはっきりして、抱きつく力も強い。安堵とともに、これほど怯えさせてしまったことに罪悪感を覚えた。

「必ず守ると言っておきながら、怖い思いをさせてしまってすまない」

レオンはエレオノーラを抱き返した。

「痛っ」

「ああ、すまない」

慌てて力を抜き、周囲を見回す。いかにも秘密の魔術工房といった雰囲気に。地下神殿といった要素を合わせたここに、人を休ませるような場所はなかった。

「エラ様、こちらへ。治療いたします」

よく顔を見る医者が背もたれのない丸椅子《まるいす》を引き寄せ、エレオノーラに座るよう促した。彼女を支えながら座らせると、医者の手が淡く光り、真っ先にエレオノーラの頬の傷を癒やした。それは命に別状がないと判断したからで、医者もそう判断したことに何度目かの安堵をした。

その間もエレオノーラは視線だけを左右に揺らし、今いる場所を確認していた。

「エラ、ここは塔の地下にある研究施設だ」

「ああ、ジュナの家ですか」

「いや、家じゃないわよ。家は別にあるし。ここのベッドは共用の仮眠用だから」

ジュナが振り返って即座に否定する。

「たまには太陽の光を浴びないとって言ってたから、住んでいるのだと思ってたわ」

「いや、まあ。ここで寝ることの方が多かったけど」

ジュナは気まずげに言い、視線を前に向けた。無機質な通路の途中、足を止める。

「殿下、こちらへ」

ジュナはドアを開いて中へ促す。明るい大きな空間だった。中央には規模の大きな装置。その前には俯瞰《ふかん》したオルブラとその周辺の大きな絵——ではなく、景色を写した何かが置かれていた。その光景が絵ではないのは、木々がそよぎ、麦粒のような大きさの人々が動いていることから明白だった。

「オルブラ市だけじゃなくて、全域を映して。それで水鏡の方でオルブラを」

ジュナが指示を出すと鏡の前にいた男が手を広げた。すると鏡の中の景色が上昇するように広がり、近隣の農村や鉱山が見えた。全域とは結界内全域ということらしい。

次に研究者達が円卓に向かい、作業を始める。近づいてそれが円卓ではなく、円卓のような形の器に水を張った水鏡だと気付く。映っているのは町の外の倉庫街。しかし次には別の場所、市内の大通りが映る。鏡に映った光景を拡大したものだと察した。

「これは、監視装置か？　これなら俺達が足で探すよりも早い」

まさかこのように見られているとは思わなかった。戦中も結界の中に侵入した者の情報が入るのが早くて不気味に思っていたが、これが理由だったようだ。

「結果的にそうなっていますが、この《神の慈悲》……結界を張っていた装置の副次的な機能の一つです」

ジュナは胸の前で手を合わせて、研修施設を宗教施設に見せる祭壇の、その奥にある巨大な魔導具を見つめた。それは縦長で、地上に向かって細まっている。

「壊されたのは効率よく結界を張るための部分で、それ以外の機能にはさして支障ありません」

皆は装置を見上げた。国家機密のようなものだが、彼女は気にしていない。ここにいる面々になら、知られても問題ないと思っているのだ。

「効率よく……ひょっとして、塔がなくても結界は張れるのか？」

「結界の方はやってみないと分かりませんが、やろうとも思いません」

「結界の方は……？　結界や監視以外にも大きな機能があるのか？」

結界を張るだけなら、これほど精密に見張る必要はない。見張るためだけの機能を彼らが作るはずもない。存在が知られれば悪用されて害が大きいのが目に見えている。この機能を利用した別の機能があるとしか考えられなかった。

「さすがはレオン王子、察しがよくていらっしゃる。結界だけなら《神の目》は必要ありません。それ以外の目玉機能で使います」

彼女は腰に手を当てて自慢げに言う。それぞれ忙しそうにしていた白衣の老若男女達が、一斉に手を止めた。

そしてひそひそと「ようやく主要機能を使う機会が」「でも許可が下りるのか？」「法的には問題ないはず」などと声が聞こえた。

レオンはこの塔は結界装置が主機能ではなかったのだと知り衝撃を受けた。

「ジュナさん、怪《あや》しそうな連中はいますが確信は持てません。一つ一つに人をやっていては、エレオノーラ様を狙う本命に逃げられるかと」

逃げられると言っているのに、報告する初老の男の目はらんらんと輝いていた。

「そう、それが一番嫌ね。なら、領主様と王子様の許可を取って、神罰を下しましょうか。いかがですか、レオン王子」

そして許可を願うジュナの目は瞳孔《どうこう》が開き、ギラギラと輝いていた。

「しん……神罰？」

監視機能を使う結界よりも主要な目的であるとは分かるが、何が起こるのかさっぱり分からなかった。

「そう、神罰です！　悪しき者へ、神の鉄槌《てっつい》を振り下ろすのですっ！」

熱い視線を一身に浴び、彼女は目を輝かせ、両手を広げて宣言した。

彼女は研究者一族に生まれて、この道しか知らない、それでも市民との交流で常識を持ち合わせた希な研究者だと思っていた。しかしそうではないと気付いた。彼女は生まれた時から研究漬けで、研究にのめり込み、あえてその道を自分で選んだ研究者だと、今更ながら気付いてしまった。

「ジュナがあんなに楽しそうに……塔を安定稼働させた時以来だわ」

エレオノーラは友人の恐ろしげな様相に、背中を治療されながら微笑《ほほえ》んだ。彼女の悪意のない相手に対する大らかさは愛しいが、気にしなさすぎて心配になる。

「ジュナ、それは安全なの？　市民には害はないのよね？」

「罪のない者にとっては安全なのは保証いたします」

「ならいいわ。爆発したから、何かしないと市民が心配してまた押し寄せてくるもの」

エレオノーラはあっさりと頷いた。安易な許可を出せば、責任をとらされるのはエレオノーラになるのは理解しているはずだが、彼女はジュナを信じていた。

「罪のある者にとっては、安全ではないのか？」

「もちろんただの盗人にいきなり神の鉄槌は向けません。神は罪には相応《ふさわ》しい罰を望んでおられますから。そして今回裁くのは、エラ様を殺す可能性がある物質です。後は神の鉄槌が下ろされた場所に乗り込めばいいんです」

「凶器が対象なのか？　目印として使えるなら、それはすごいな」

「はい。具体的な対象は、無許可で持ち込まれた危険な魔導具でどうでしょうか。許可を受けている物は、すべて許可証を発行しているので条件付けは簡単です。そして許可証は貼る時に神聖魔術を使った加工をするので、盗まれていても無意味です」

「なるほど。許可のない危険な魔導具、それならありだな」

研究者内で裏切り者がいれば無意味になりそうだが、信仰に関係する術は悪意があると発動できないので、裏切った時点で彼女の言う加工ができない。神官は嫌ってる相手には治癒術を発動できないぐらい、感情に左右される。感情に左右されるなど不安定もいいところだが、裏切りが不可能という意味では便利だ。

「どうやって動かすんだ？」

「先ほど申し上げましたように塔の部分は効率のためにあるので、なくても魔力さえあれば発動かせられます。鉄槌は塔があっても効率が悪いことに変わりないので、結界を維持できるエラ様に魔力をいただければ問題なく動かせます」

魔力を抜く必要があったのだから、断ってもエレオノーラが辛いだけである。何よりも、彼女を狙う連中は一匹たりとも逃したくない。

「エラ、いけるか？」

「はい。魔力を渡すだけでいいなら。わたし、今回のことは腹に据えかねているので」

彼女は少し戸惑いつつ、しかし恐れずに、むしろ憤怒《ふんぬ》を湛《たた》えて頷いた。彼女は自分の魔力を使うだけのことに関しては、まったく不安に思わないようである。

「エラ様が怒るなんて珍しい。まあ、昼寝部屋を壊されたんだもの、仕方ないか」

「壊れた……壊れたのよね」

彼女の目尻《めじり》に、わずかに涙がたまった。

「床の張り替えは必須だし、そもそも倒れなきゃいいって加工しただけの仮の塔だったのにそのまま使ってただけらしいから、そろそろ建て直した方がいいのかも」

「おのれっ、わたしの大切な昼寝……別荘を！」

ジュナの追い打ちに、温厚なエレオノーラが憤怒する。怪我をしたことよりも、快適な空間を壊されたことの方が彼女には大きなことのようだ。

彼女は物よりも、心地よい場所、空間を大切にする傾向にある。だからそれを壊されると怒るし、引き離そうとしたら家出をして新しい空間を作るのだ。

（それはクロードとは違うな。あいつは場所にはこだわらなかったし）

こんなことを考えていると知られたら、彼女はまたクロードと比較して似ている点を探しているとすねてしまう。比較してしまうのは、似ているから仕方ない。しかし似ている部分を探しているのではない。彼女の個性を探しているのだ。

彼女はクロードではないから、彼と同じように扱わないようにするために。

（人間関係は難しいよな……）

懐柔だけなら簡単だ。信頼し合うのも簡単だ。

しかし利害抜きに、相手の個性を殺さないように、依存させないように関係を深めるとなると、とたんに難しくなる。

もし依存させる方向に舵《かじ》を切れば、レオンは条件だけで選ばれただけの相手になる。家出はされなくても、近いことはされる関係になる。そういう手応えがあった。

簡単そうでいて難しい。その点において、簡単だった父親とは似ても似つかない。

エレオノーラはゆったりと昼寝する予定だったのに、邪魔をされ、挙げ句の果てには大切な場所が破壊された。

身体は全体が痛い。そして訓練された大きな鳥が犠牲になったのだろうことにも腹を立てていた。

治癒を受けて背中の痛みは大分消えたが、そうすると大きな痛みで隠れていた全身の痛みが表に出てきた。今はまだいいが、明日《あす》の朝は痛みで起き上がれなくなっていそうだと予想がついた。そんな恐怖を抱かされるのも腹立たしい。

「ジュナ、どうすれば馬鹿《ばか》なことをする人達を懲らしめられるの？　思い切りやって、馬鹿な人が後から出てこないようにしないと！」

「怒りは十分ね。それがまったくないと、発動しないかもしれないからそれが大切よ」

信仰心だったり、怒りだったりが必要だなど、曖昧《あいまい》な術だと思いながら頷く。

「で、悪に対する怒りを込めながら、ここに手を当てて」

ジュナは装置の手前にある石版を示した。一段高いそこは天に伸びる祭壇を思わせる意匠で、石版も神聖さを感じた。神聖魔術であることにこだわりがあるので、見た目もそれらしくしたのだろう。彼らは凝り性なところがあるのだ。

「ここね。これでいいかしら？」

手を乗せる。触れただけで魔力を吸われるのかと思ったが、まったく何もない。

「それで、魔力を込めて。思い切り込めていいわ」

「込める？」

「ああ、エラ様の場合は抵抗しないで、願うだけでいいわ。肩の力を抜くの」

エレオノーラは言われるがままに、いつも吸い出される感覚を思い出して、身構えるのをやめた。抜ける感覚が始まったので、後押しするように引き渡した。

すると石版が光り出し、もっと寄越せとばかりに吸い上げようとするようになった。それに抵抗せず、どんどん魔力を渡す。

（あ、なんだか身体がぽかぽかして気持ちがいいかも）

気持ちよく魔力を抜かれていたら、ふいに石版の輝きが強くなった。

オルブラ市を俯瞰していた鏡が輝き、空いた手で光を遮り目を細める。

しばらくすると鏡がより強く、激しい閃光《せんこう》を放った。

鏡の中で白い光が広がる。柔らかに、祝福のように、ふんわりと広がり――鋭く降り注いだ。

その光景は、無神論者でも神に祈りそうなほど、美しく神聖だった。

突如、円形の水鏡から雷鳴のような音が「ガガガガッドドドンっ」と響く。

「え？」

振り返ると、水鏡が音で揺れて映像が乱れていた。

何度も何度も音が鳴る。光はあんなに柔らかに広がったのに、この世の終わりかというような音が断続的に響いた。

降り注ぐ光からわずかに遅れて出る轟音《ごうおん》が、地上に実際に響いている音だと気付いてしまうと、エレオノーラの顔から血の気が引いた。

慌てて大きな鏡を見れば、優しかった光は、鋭く激しい雷光に姿を変えて降り注いでいた。

悲鳴はほとんど聞こえないが、光の合間に見えるその光景だけでも、地上に大混乱を招いていることは分かる。阿鼻叫喚《あびきょうかん》とはこのことだ。

それなのに、地下では研究者達が拍手喝采を送っている。

エレオノーラが混乱していると、煙が上がり始める。

「確かに……目立っている……が……」

レオンが呆然《ぼうぜん》と呟いた。

分かりやすい目印だった。雷が落ちた物は違法である。壊れても問題ないし、殺傷力のある違法な魔導具を所持していれば、処刑になってもやむなしなので巻き込まれたとしても自業自得だ。

とはいえ、それで片付けられるほど人の心は単純ではない。

「ジュナ、これ……」

「はい。すでに地上にいる皆さんには指示を出しています」

エレオノーラとレオンはほぼ同時に首を横に振った。

「いや、そうじゃなくて、それも必要だけど……なにこれ⁉」

エレオノーラは鏡を指さして叫んだ。オルブラ市内に多いが、範囲内にある鉱山や農村にも雷が落ちていた。

「離れたところにも指示を出したから大丈夫よ。この一帯の連絡網は戦争のせいで完璧《かんぺき》だから」

「そうじゃなくて、何これ」

ジュナは自慢げに胸を張った。

「今のがなんなのかと言えば『神の鉄槌』よ。特定の条件を満たす悪を、神の怒りで一掃する伝説上の神聖魔法を再現したのよ」

エレオノーラは頭を抱えた。レオンはわなわなと震えた後、近くの壁を叩《たた》いた。

「こんな、大魔法の再現だなんて、聞いてないがっ⁉」

「何をおっしゃいます。今回は数が少なかったから規模も控えめです。条件さえそろえば、軍隊も全滅させられる術なんですよ」

ジュナは瞳孔を開いて鏡を撫でていた。とても楽しげだった。

「そんなのがあったのに、よくやり返せとか命令されなかったわね」

「中心が建造物で移動できないし、条件があるから無理だもの。基本は都市防衛のためにあるし、他国の軍隊ってだけじゃ条件には当てはまらない。条件を緩めたら味方にも影響が出るわ。戦争は悪人ばかりが襲ってくるわけではないし、理由があろうと戦争に参加する者は悪なのよ」

神にとって人間は人間でしかなく、所属での区別はないようだ。

「しばらく結界が使い物にならなくなるし、防御を突破された時の最後の手段なのよ。条件を満たしても一撃の消耗が激しいから、後は逃げるしかできないわ」

逃げるための時間稼ぎとして使うのが正しい使い方のようだ。

「神の威光を悪だけに向けられる、こういうのが正しい使い方なのよ。ほら、見て。火事の心配もなさそうでしょ。神聖な炎は悪だけを焼くけど、ここまで規模が大きくてもちゃんとしているのよ。素晴らしい結果だわ」

ジュナは――研究者達はうっとりと煙をたなびかせる裁きの跡に見とれたり、手を叩いて喜んでいた。

彼女達は楽しそうだ。今までは義務感で動かしていた装置で、思い切り遊ぶことができて、さらに成功したのだから、嬉しいのは当然のことかもしれない。

エレオノーラはため息をついて石版から手を離す。その瞬間、足から力が抜け、がくりと座り込んでいた。

驚いて足を動かそうとするが、不思議と力が入らない。

「あらら、さすがにエラ様でも疲れたのね。身体が痛んだりしない？」

「全身の打ち身で痛いけど……それよりなんだか」

エレオノーラはごしごしと目をこする。

「……すごく眠くなってきた……かも」

気を抜くと一気にがくりと落ちてしまいそうな、強烈な眠気が襲ってくる。

「そりゃそうでしょ。誰か、一番綺麗な仮眠室のシーツを取り替えてきて」

ジュナの指示を聞きながら、エレオノーラはうつらうつらと船をこいだ。まだ意識はある。

生まれて初めて、身体の中に満ちた物が減ったことによる症状を受け入れる。聞いていたような痛みもなく、運動の後のような心地よい疲労感だ。

「エラ、あとは俺達がケリをつけるから、君は安全な場所で眠っていてくれ」

レオンの声が聞こえた。彼はここを安全だと思っているようだ。以前と違って、誰一人エレオノーラを傷つける者はいないと、信じているのだ。

「は……い。おきをつけ」

彼らがこのまま仲良くなってくれればと思いながら、眠気のままに落ちていった。

◇◆◇◆◇◆◇◆◇

レオンはすやすやと穏やかに眠るエレオノーラを確認し、ほっと息をついた。

鏡の中にこの世の終わりかとばかりの光景が広がった時は驚いたし、それを引き起こしたエレオノーラが心配になったが、眠気だけですんでいるようで安堵した。同時に、初めて見えた彼女の底の深さにぞっとする。

「内側からの痛みがないってことは、エラはここまでしても枯渇してないのか。リーズ家が軍神の寵愛《ちょうあい》を受けているなんて言われ続けるはずだ」

「本人が自覚してないんですよね。実力で貴族になった家系なんだから、これぐらい特別ではないって思ってるんですよ。あたし達が神に仕えているのが当然って感覚で」

ジュナも呆《あき》れ顔で言う。

「そういう意味では、ニックもそうだな。クロードに比べたら普通すぎて、一族と名乗るのもおこがましいとよく言っている。能力はちゃんと一族水準なのに」

彼は生まれたばかりのエレオノーラの弟の魔力を感じて、このままちゃんと育てれば問題ないだろうと言った男だ。自分程度が当主になるなど恥という意識が強すぎて、家を乗っ取るなど考えてもいない。

この一族の根本をどうにかするのは無理だろう。そんな驕《おご》った人間は幼い頃に叩き潰され上には上がいると刷り込まれる環境で育つのだから。

「ジュナ、ここから各地に俺が連絡を取れるか？」

レオンはジュナに問いかける。ジュナは水盆に手をかざしていた男に目を向ける。

「だそうだけど、準備はできてる？」

「はい、可能です。人々へ言葉を届けることもできます」

男は手を止めて振り返る。

「手は止めなくてもいい。このままでは虐殺が起きかねないから指示を出したい」

「さすがは殿下。歴史的に見て似たような例があるので、その方がよろしいでしょう。殿下のお言葉ならきっと民も従うはずです」

男はさっと水盆の前を譲り、自分がいた場所を手で示す。レオンはその前に立つ。このような物を介して人々を見るのは、複雑な気分になる。

「音がこれから聞こえたが、これで声のやりとりができるのか？」

「はい。神が人々を見て、聞いて、声を届けるかのようにと作り出した術ですから、人々の声を聞くこともできます」

彼らはこの怪しい地下施設にいながら、本当に信心深いので閉口してしまう。

「レオン様、そのまま器の縁に手をかけてください。それで声を届けられます」

ジュナはエレオノーラをニックに預けて、自身もレオンの隣に並んだ。

その間にも、せわしなく術者達が動いている。やはりその光景は怪しい。信徒としておかしくなくても、神聖な白いローブが、よけいに怪しさをにじみ出すのだ。

それを呑《の》み込み水鏡をのぞき込む。フライパンで逃げる男を殴りつけている勇敢な女性の姿が目に入る。これぐらいならいいが、人が増えるとまずい。

手遅れになる前に、人が横になれそうなほど大きな器の縁に手をかける。

「オルブラの市民達、領主であるエレオノーラの名代として告げる。いきなり騒がしくして申し訳ない。先ほどの雷は兵器を持ち込んだ者に対する神の怒りである。この都市を破壊し、エレオノーラを殺害しようとした者が持ち込んだ、おぞましい兵器のみを対象とした神聖魔術である」

人々がざわめく姿が見えた。監視にはちょうどいいのだが、これをしていると自分を神の使いだと勘違いしてしまいそうな光景でさらに胸がざわめく。

危険な技術だ。ここの研究者達がこの光景を見ても自分達を神の使いだと思い込んで暴走すれば恐ろしいことになる。そうなっていないのは、彼らが正しい信仰を貫いているからだ。その信仰が、研究者としての歯止めになっているのだろう。

こんなに怪しい施設で、怪しい研究をして、怪しい姿をしているのに、という偏見は胸の中に封じる。

「さきほど神罰を受けた兵器の関係者は、兵器のことを知らずとも、ひとまずは投降せよ。無抵抗の者は後ろ手に縛るだけに留《とど》め、痛めつけてはならない。神の裁きから逃れた者達は法の裁きが相応しい。罰は罪ある者のみが受けなければならない」

この言葉はテオや他の騎士達にも届いているから、上手《うま》くやってくれるはずだ。

「逃げようとする者も可能なら生かしたまま捕らえよ。神に恥じるような行いをするな。己の手を、エレオノーラの名を無闇《むやみ》に血で汚すことのないように」

これで怪しいだけで暴行を加える過激な市民も減るはずだ。エレオノーラが優しい女性であるのは民に知れ渡っているから、無抵抗の者が傷つけられることはない。

「疑いを向けられた者は怪我をする前に投降しろ。罪がなければすぐに解放されるし、何らかの補填《ほてん》をしよう。だが逃亡する者に対してはその限りではない。俺の騎士が各地に散るから、困ったら彼らを頼るといい。皆の、オルブラの正しさを証明してくれ」

レオンは器から手を離した。

レオンの声が聞こえなくなると、市民は行動を始めた。自分達の都市で好き勝手をした者を許すような者はいない。外から来た商人達は大人しくしてくれたので市民も疑いの目は向けず、荷に天罰を受けた者を逃がさないように取り囲んでいる。

「後は皆に任せれば問題なさそうだ。他の場所を映してくれ」

レオンの指示で別の場所が映る。ここでは市民が農具で武装していた。オルブラ市内と違い、殺傷能力が高そうだ。規模と造りの悪い倉庫が多いことから、街道沿いの規模の小さな村だと分かる。

「ここは農村か？　鉱山近くは肉体派が多いからもっとまずいのでは？」

「あちらには真っ先に連絡を入れてあります。日頃《ひごろ》から訓練が行き届いているので、虐殺も起きていないようです。彼らは結束が固いですから心配ありません」

質問にジュナがすぐさま答える。

「それはよかった。ではこの作業も手早く済ませよう」

「はい。調整まで少しお時間をいただきます」

エレオノーラに対しては友人らしい砕けた仕草なのに、エレオノーラがいなくなれば途端に他の研究者と変わらない慇懃《いんぎん》な態度だった。しかしちらりと心配するようにエレオノーラを盗み見ている。

任せておくのに不安はない。そう思えるほどの友人がエレオノーラにできたのは喜ばしいが、それが身分の近い者ではなかったのが、上流階級が自分の居場所ではないと考えていた彼女らしくて苦笑が漏れた。

◇　◆　◇　◆　◇　◆　◇　◆　◇

ジュナの言う神罰の対象というのは、感情が絡む神聖魔法の割に、一切の感情が絡まないはっきりとした物だった。

大小関係なく、拳《こぶし》に握りしめられる小さな物から、家具の中に隠された大きめの物まで例外はなかった。正しい手順を踏んだ許可証があれば兵器でも一切傷がついておらず、正式な許可証でも許可されたのとは別の違法なだけの魔導具につけられていた場合は認められず破壊されていていた。欺《あざむ》くことは兵器を持ち込むのと同等らしい。

何カ所か印のある場所を回って人々を落ち着け、実物を専門家のテオに見せて回ったから確かな見立てだ。

「殺傷力がなくてもだめとは、許可証という名の紐《ひも》付の免罪符といったところか。魔術師が見逃してしまった極小の物も見逃されないとは」

レオンが言うと、テオはくすりと笑う。

「結界からして分かっていましたが、本当に革新的ですよね。こういうのが神聖系から出てくるとは思いもしませんでした。資金援助をしていた前オルブラ伯はとてつもない先見の明を持っていらしたようです。神聖だから外聞も悪くないですから」

「そういう人でなければエラを後継者に指名したりしないだろう。女王を輩出したから、女性統治者を受け入れやすい土台があるとはいえ」

馬上でレオンは笑う。おかげで彼は諦めかけていた初恋の相手を手に入れた。

エレオノーラの大叔父は、レオンが彼女に執心していることを理解していた。エレオノーラを跡取りにすれば、レオンはオルブラを守ると踏んだのだ。そうでなければ、いくらなんでも普通に育った善良な女性を跡継ぎになど、危なくて指名できない。

今があるのは本当にただ運がよかっただけで、慢心すれば取り上げられる。幼い頃から彼女の好意は感じられたが、執着というものではなかったから、自分が執着をなくして努力しなければ終わるのだと、よく知っている。

『殿下、失礼します。殿下の進行方向にある宿に怪しい一団が集まっているので確認をお願いします』

耳にかけた金具から男の声が聞こえた。頭上からの監視を続ける魔術師だ。

『向かい隣の家に荷車が止まっています。おそらく意識をそちらに向けたいのでしょう。それに向かうふりをすれば、怪しまれずに立ち止まれます』

どう怪しいのか分からなかったが、確認というには確信を持った指示だった。この指示の仕方が慣れている。慣れるほど監視し続け、成果を出していたのだ。

侵入者を発見したという報告が魔術を使ったにしても早くて正確だと思っていたのだが、まさかこのような方法だとは思いもしなかった。

「いいなぁ。頭上から監視できるなんて、見てみたかったです」

テオはレオンが指示を受けているのを察して呟いた。

「神の裁きは実際に見られたんだからいいだろ。俺は鏡越しだったんだ」

羨《うらや》んでいたテオが、くふふと満足げに笑った。

「ええ。崇高《すうこう》な用途だからこそ許される、素晴らしい見栄えと威力でした。あの光景で、どれだけの人々の人生観が変わったでしょうね。それをしたのが領主様なんですから、彼女に守られる善良な市民達はさぞ誇らしいことでしょう」

　祖国で作られた大量虐殺にしか使えない物とは違うからか、テオは手放しで賞賛した。心なしか彼の人生観も変わっていないか心配になった。彼のような好き者にあの研究所を見せたら、自分で作りたくなってしまうだろうから。

　意図した結果は生みにくく、とんでもない結果を生みやすい信仰系の魔術であるため、再現は不可能だろうが、作りたがらないか心配になる。

　怪しみながらも、目的の荷馬車が見えてきたので馬を歩かせようとした。しかしその前に、大柄な男が小走りで近づいてきたので馬を止めた。

「殿下！　南通の方はあらかた終わりました。他に手伝えることはありませんか。この前まで戦場にいた腕っ節の強い連中を集めてるんで、遠慮なく使ってください」

　見たことのある顔の男が声を潜めつつ興奮を隠しきれない様子で呼びかけてきた。その後ろには彼ほどではないが気合いの入った顔つきの市民達がいた。

「それは頼もしい。ちょうど人手が欲しかったんだ。実はこれからあの宿にいる者達を捕縛するから、逃げられないようにさりげなく包囲しててくれないか？　もちろん無理はするなよ。ここは戦場ではなく、君達はただの市民なんだから」

　レオンが頼むと、彼らは驚いたような顔で頷いた。少し前までは命令をしていた相手が頼んでいるのだから、違和感はあって当然である。

「は、はい。ですが、市民だからこそですよ。うちの嫁の実家がすぐそこなんで」

「なるほど。それは他人事《ひとごと》じゃないな」

戦場よりも身近な危機に、動かない方がどうかしていると思い直す。

「しかし、あの宿のおっさん、最近やたらと羽振りがよくて怪しんでたんだ。まさかオルブラを売っていたとはな」

「それはそれは。では、証人探しも楽そうだな。その時は頼む」

「了解しました。あの店は一階に食堂で二階が宿になっています。出口は正面と裏の二カ所あります。二階の窓の監視を怠らなきゃ、逃げられる心配はないと思います」

「詳しいようだな。では人の配置は任せた。乗り込むまで気付かれないようにな」

男は頼もしく頷くと、素早く静かに皆を動かしてくれた。こういう時は、地元の発言力がある者に任せてしまうのが一番だ。

レオンは裏口に二人騎士をやる。正面から近づく人数が減りすぎれば怪しまれるので、これが手を避ける限界だ。

「さすが、訓練されていますね。元軍人だけじゃなくて、女性もよく動いています」

テオは市民にすぎない彼らの動きを見て驚いていた。

「いつ何があってもいいように訓練をしていましたからね。訓練自体も戦争が始まる前からやっていたそうす」

ウィルが言うと、テオは目を丸くした。

「なるほど。お祭り騒ぎになっていると思ったら、訓練で学んだことを発揮できるのが楽しいんでしょうね。戦争と違って、正義のためならやりがいがありますから」

戦争はこりごりだと言う騎士達も、実戦で腕を振るうのは楽しいのと同じだろう。

「せっかく盛り上がっているから、後で酒でも差し入れれば殿下の好感度も上がるんじゃないですか？　興奮して、美味《うま》いものをもらったら、いい思い出になりますから」

「酒を？　確かにそれは嬉しいな。そうしようか」

自主的に手伝っているから、金銭よりは消え物で感謝した方が後腐れがない。

「子ども達にも怯えさせた詫《わ》びに甘い物でも配るか」

「それはエラさんの名前でするのはどうでしょう」

子ども達はその方が喜ぶだろうと、提案を採用することにした。

『殿下、宿内の生物に大きな動きがあります。動きが細やかになっているので、何か気付いたのかもしれません』

市民との関係を考えていたら、突然とんでもない報告が入った。

「え、まさか……まさか、建物内も見えるのか？」

レオンは思わず声を潜めて尋ねた。

『中の様子は分かりませんが、闇夜《やみよ》にある火を上から見ているような見え方というか。とにかく生物の動きがあれば分かります』

恐ろしいことを、当たり前のようにさらりと告げた。

(絶対に詳細を知られちゃいけない技術だな。全部秘密にするのは難しいから、一部開示して全容をぼかすか)

彼らは理解しているから隠していたようだが、実態を知ると隠し方がまだまだ足りていないように思えた。

「どうやら動きがあったらしい。テオは離れていてくれ」

言われるまでもなく彼は馬を止めて手を振った。

レオンは宿の方を見ずに荷車が置かれた方を見ながら近づいた。中から見ているとしたら、今のうちにと裏から出ていこうとするだろう。そこで騎士とかち合えば、今度は別の場所から逃げだそうとする。

「弓を持っている者は、窓から逃亡しようとしたら撃て」

「ではその役目は僕が。鳥よりはずっと当てやすいし、当てられなくてもここなら簡単に屋根に登れるので一人で十分です」

若い騎士を頼もしく思いながら、馬から下りて荷馬車を調べるような振りをして、そっと剣に手をかけた。動きがなければこのまま狙いの宿に踏み込むが——。

「大人しく縛につけ」

予想通り、宿の裏から声が聞こえた。騎士が来たのを見て、裏から逃げだそうとした者がいたのだ。

レオンなら今の声が聞こえたら、屋根を伝って逃げるか、無関係な客のふりをする。首の向きはそのままで目だけを窓に向けるが、人の姿は見えない。

裏口に向かった者がすべてか、無関係を装う者が多いのか。

レオンは監視を任せて、そのまま店の前に行き剣を抜き放ちドアを蹴り開けた。

「すまない、邪魔をするぞ」

自分のことながら横暴な話だと思いつつ周囲に目をやる。その数は十人ほど。昼時には少し遅い程度の真っ昼間から、酒と思《おぼ》しき瓶が机には出ていたが、誰一人として座って酒を飲んでいる者はいなかった。動揺し、腰を浮かしていたからだ。

「先ほどの言葉は聞こえただろう。全員、無関係の者もとりあえず投降してもらおう」

眼光鋭く睨み付ければ、逃げられないと思ったのか各々武器を手に取った。剣であったり、薪《まき》割り用の斧《おの》であったり。素人《しろうと》同然の者もいるが、中には腕が立ちそうな者もいた。

「そうか、では刃向かうつもりがない者は頭を抱えてしゃがんでおけ。嘘《うそ》をついていないと分かればすぐに解放される」

レオンは魔術も使えるが、街中で使って許されるような術はあまり得意ではない。エレオノーラの護衛に残してきたニックは氷の魔術が得意だが、レオンは炎が得意なのだ。だからこそ、火事にならないようにしたい時は、愛用の剣に頼っている。

中の一人が仲間の陰に隠れるようにして近づいてくる。そして直線上に遮蔽物がなくなった瞬間、男は振りかぶった。

レオンは武器を持たない者が店の隅に逃げたのを見て、握った剣に力を込める。

一瞬にして袖《そで》が、髪が巻き上がり、投げつけられた刃物が壁に刺さる。

「ちっ、魔術か」

刃を投げた男は舌打ちすると、持っていた剣で斬《き》りかかってきた。レオンは下げた刃先にまっすぐ意識を向けて目標との距離を意識し、繋げる。

刀身が届くまであと二歩という距離をあけて、剣を振り上げる。

優しく、そっと、力を解き放つ。

ごぅ、と音を立てて、レオンに剣を向けた男は周りを巻き込んで吹き飛んだ。

店内は一瞬で荒れたが、想定よりは控えめにできた。

「ぐっ……ゲホッ」

男は背中を強く打ったようで、うめいて咳《せ》き込むだけで起き上がれない。

彼の腕が悪いわけではない。むしろ彼の動きはよく、普通には斬り合いたくないと思わせる動きをしていた。普通に斬り合っていたら負けていたかもしれない。

「ふん。他愛ないな」

余裕があるように何でもないように言って、他の者を見回す。彼らは何が起こったのか分からず、身体を硬直させた。分からない力ほど怖いものはない。

レオンはただ、術の指向性を高めてくれる魔剣に風の魔術を乗せて、風で殴りつけただけだ。ただそれだけだが、目には見えず、防いでも足を止められる。室内でやられれば仕組みを知っていても対処が難しい。広範囲で平等に相手を制圧もできて、まず死なない。お気に入りの使い方だった。

「そらどうしたっ！」

抵抗しない者が範囲にいないのを確認し、今度は剣を横に振る。

荒れ狂う風が、怪しいだけの男達をなぎ払う。怪しいだけなのでこの程度で済ませるのだ。証拠があったらこんなに優しく気絶させてやったりはしない。

「さすがは殿下。店の破壊もためらわない」

「店主がグルだからいいんだ。それに、けっこう範囲は絞れてただろ？　俺が普通に放っていたら、木造の建物なんて吹っ飛ぶからな」

嫌がらせで先祖の生まれ故郷を守るために戦場に行けと命じられ、引き換えとして宝物庫から持ち出した魔剣だが、珍しくクロードが手放しで褒めた選択だった。

魔術の威力を上げるための物を選べと言われるのが普通なのに、彼はレオンの不安定さを補う選択を褒めてくれたのだ。

この剣はレオンに選択肢を増やしてくれた。エレオノーラの前であってもためらわなくていい、生け捕りにするという選択肢を。

「さて、捕らえるぞ。どんどん結果を出して危機感のない父上を追い込み、俺達の要求をすべて呑み込ませるんだ」

「え、これってそういう活動だったんですか？」

「何でもかんでも取引材料にするなんて、容赦ないですね」

騎士達は捕縛しながら呆れたように言う。

「容赦などするものか。父上が評判のいいクロードが邪魔なんて理由で無茶な命令をしなければ、クロードは死ななかったんだ。あらゆる手段で搾り取れるだけ取るぞ」

ろくな情報収集もせずに送り出したため、騎士として名実共に国内一の実力を誇るクロードを死なせ、砦《とりで》が半壊したのである。恨みがある者達から絞り取れるだけ絞り取らないと気が済まない。

「出すんでしょうかね？」

「出さなかったら『幼い子ども達から父親を奪って戦場に向かわせたくせに、自分達は安全な場所でふんぞり返って何もしない』ってあらゆる手段で噂をばらまく」

「ああ、それは嫌ですね。貴族って名誉を重んじるから綺麗事が好きですもん」

幸いなことに、今のオルブラ伯たるエレオノーラを蔑《ないがし》ろにして敵に回せば、悪い意味で歴史に残りかねないから出さざるをえない。

それに兄を支持する者達の大半は、レオンを失脚させられないなら、オルブラに留まって欲しいと思っている。下手《へた》に抵抗すると、怒りで都に戻ってこないか恐れているはずだ。それは父である王にとっても頭が痛くなる話だろう。

今だからこそ、無茶な要求ができるのだ。

「兄上の支持者がこいつらの背後にいれば、色々と利用できるんだがなぁ」

エレオノーラという英雄を一番邪魔だと思っているのは、兄に王になってもらわなければならない者達である。結界はエレオノーラでなくとも張れるのだから、彼らにとっては名声を得た彼女は邪魔なだけの存在だ。

だから早めに塔の機能を封鎖して、エレオノーラ自身の影響力で統治しておきたかったのだが、多少の方向転換が必要そうだ。天罰込みで、エレオノーラの力だと知らしめた方が、余計な口出しをしにくくなるはずだ。

レオンは皆に任せて宿を出て、待ち構えていたテオに出迎えられた。

「レオン、ご機嫌ですね」

「方向転換が楽になったなと。エラをより強く印象づけるには、ぴったりの出来事だろ。聖職者が何十人も集まって行うような強力な裁きを一人で体現したんだ」

悪さをした覚えがあれば、勝手に自縄自縛する者もいるだろう。騙《だま》そうとする者も減り、まっとうな関係を続けたい者が増えるはずだ。

「また、エラちゃん本人が聞いたら部屋に引きこもりそうなことを」

エレオノーラと同郷の騎士が言う。

「その心配はいらない。あれが容易ではないってことにしないと利用されるから、しばらく寝込んでもらおうと思っているんだ」

「ちょ、ひどい。最近運動に楽しみを見いだしてきたのに」

「エラは自分の部屋という空間が好きだから、しばらくなら喜ぶと思うぞ」

すると、「確かに」と騎士達も考え出す。あれだけの期間塔にいて、未だに塔の中を好いているので、これ以上説得力のある言葉はそうそうない。彼女は隠したがっているようだが、部屋の中にいることが好きなのはさすがに皆も気付いているのだ。

レオンはちらりと店内を見る。市民と協力し、大人しく投降した者達も縛り終えたところだった。これの程度の被害ならエレオノーラに知られても賞賛しかされないだろう。彼女ならこの宿だけが被害なら褒めてくれるだろうが。

「さて、次に行くか。数を当たれば、兄上の関係者に当たるはずだからな」

すでにいたかもしれないし、さらに出会うかもしれない。爆破の犯人ではなかったとしても、一人も潜伏していないということは考えられない。潜伏していたら何か持ち込んでいるはずだ。

『では殿下。怪しい連中が逃げ込んだ場所がございます。強襲の必要があると思われるので、向かっていただきたいのですが』

終わったと知るとすぐさま指示が出た。恐ろしいほど有能で、身分に対する遠慮もなく使ってくる。だがこの場合はそれでいい。許されると知っているからこそ、彼も指示を出している。こういう人材がいることは、エレオノーラにとってもいいことだ。

「さて、次も強襲だ。エラが起きる前に片をつけよう」

「はっ」

騎士達も、日頃の訓練した力を発揮できる場ができて、心なしか生き生きしている。市民の気持ちを語ったのも、自分達の気持ちそのものだったのかもしれない。

だが仕方ない。暴れるのは楽しいのだから。

◇◆◇◆◇◆◇◆◇

揺れを感じ、エレオノーラは身じろぎする。すると椅子の硬さに顔をしかめる。

揺れるし硬いし最悪だ。そう思って文句を言おうかと思ったが、なぜ揺れて硬いのだと思い、重い目を開く。とても瞼《まぶた》は重いが、それでも目を開く。

するとエレオノーラをのぞき込む琥珀の瞳と目が合った。

「……レオン様？」

エレオノーラは自分がレオンに抱えられているのに気付いた。彼は馬に乗って、エレオノーラを運んでいるということだけは理解できた。

「ど……どうしてこのようなことに？　わたしはジュナと……」

「目が覚めたんだね、エラ。よかった」

レオンはこめかみに唇を落とした。まるで新婚の夫婦のようなやりとりに、火がついたように全身が熱くなる。あわあわと返すべき言葉を探した瞬間、周りから歓声が上がった。

あまりに大きな歓声に、思わず辺りを見回すと、いつもの塔からの帰路、屋敷の近くの大通りで、祭りのように人々が通りに出て、各々掃除道具や調理器具を手にして騒いでいた。

「えっと……」

「エラを共用の仮眠用ベッドに寝かせておくのは忍びないと、ジュナが言うから」

「いえ、どうしてこんなに人がいるかが知りたいんですが……」

「そりゃあ、神罰が下るようなものを持ち込んだ連中を、人々が野放しにするはずもないだろう。街中に潜んでいた害虫を退治して、興奮しているんだ」

エレオノーラは、はっと思い出した。人々もあんな騒動があれば、箒《ほうき》を持って悪者を追い回すに決まっている。きっかけを作ったエレオノーラと、活躍しただろうレオン達を見て、少し興奮気味に声をかけるのは当然だ。

「君のおかげで厄介な奴《やつ》らをたくさん捕まえられたんだ。ガエラスの者についてはテオが確認してくれている。国内の連中はどこの手の者か調べて、搾り取れるだけ搾り取るぞ。これでしばらくは問題なく過ごせそうだ」

レオンはにやりと笑った。いつも爽やかな笑みが染みついている彼が、こんなふうに笑うなど珍しい。眠っている間に、よほどいい成果を上げたようだ。

「エラ、まだ眠いかもしれないが帰ったら何か食べよう。あれだけ消耗したんだから、栄養をとらないと。できれば湯浴みもして欲しいが、無理なら寝ている間に侍女達に身体を拭《ふ》かせよう」

エレオノーラは自分が爆発に巻き込まれた痛みが消えたから忘れていたが、頭はざりざりして、肌は擦れば指が黒くなるほど薄汚れているのに気付いた。

「先に汚れを落としたいです。でも手助けは必要ありません」

基本的に自分のことは自分でする家で育ったため、未だに背中を流し、髪を拭こうとする侍女達には慣れることができない。

「気持ちは分からなくもないが、途中で眠ってしまったら大変だから、近くに一人だけでも控えさせてくれ」

「心配性ですねぇ」

「塔の補助なしで神罰装置を動かして、平然としている方がどうにかしているんだ。ある意味、消耗して倒れた時は、君も人間だったんだなと安心したぐらいだ」

大げさな評価だが、彼は真剣な表情だった。

「あれは、そこまでのものなんですか？」

「本来ならそれなりの聖職者……つまり魔力の強い者達が集まって自身の命をかけて行う。こう手軽にやれていい儀式ではない。やろうと思えば、都から特定の罪を犯した者を一掃できるんだ。今回は物が対象だからよかったが……というか、だからこそ気軽にあいつらが実行したんだろうがな」

エレオノーラはあの雷が人間に落ちるのを想像して、ひどい光景に目を伏せた。

「できることを示してしまったのだから、利用されないように考えないとな。人殺しと限定したら、軍人も対象になる可能性がある」

「それは、怖いですね」

身内の多くが当てはまってしまう。しかし彼らには何の罪もない。

「だから、あまりケロリとしているな。辛い振りをしておけ。一度目を覚ましたが、また数日寝込んでしまったとでもしておこう。その間に面倒なことは済ませておく」

レオンは当然のようにすべて自分で解決するつもりのようだ。

「寝込んだ振りをして、わたしは何をすればいいんですか？」

「何もしなくていいよ。汚い連中が起こした面倒事なんかに、君を関わらせたくない。君も権力者の醜いあがきなど見たくないだろう？」

　エレオノーラが特に何を嫌がっているかを理解しての言葉だった。しかしエレオノーラはそれを完全に肯定することもできなかった。

「ですけど、面倒事も嫌な大人も嫌いです……けど、完全に面倒事を丸投げになってしまうと、それはそれでむずむずしてしまうんです」

　働きたいわけではないが、働かなかったらそれはそれで不安なのだ。

「いや、そういうところまでクロードに似るのもどうかと思うぞ。それであいつは利用されていたんだ。エラは汚いことは他人に押しつけた方がいいって覚えておけ」

　クロードは面倒くさがり屋だが、溺《おぼ》れる人がいれば危険があっても助けようと努力するし、殺されそうになっている子どもがいれば相手が誰であろうと間に立つ。

　今思えば、長生きできない性格だった。

「わたしは他人のために刃物を振り回す人の前に立ち塞がったりはしないので、ご心配いりません」

「それは当然だ。クロードよりも強い犯罪者なんてそういないから、あいつは気軽に立ち塞がってただけだからな」

「では、罠にかかって威嚇しまくっている小動物に近づいたりしません、の方がいいでしょうか？　お父様はそれでウサギに蹴られていました」

「そうだな。ウサギでも蹴られると痛いよな。でも、威嚇できないほど弱ってたら近づいて助けるだろう」

エレオノーラは反論できなくなった。そこまで弱っていたら、おっかなびっくり手を出してしまうかもしれない。

「ほら、エラは人がいいから危ないんだ」

「ちゃ、ちゃんと人に任せればいいんでしょう」

エレオノーラがすねて言うと、彼は笑った。よそ行きではなく、父に見せていたような笑みだ。

彼が言うなら、エレオノーラ自身は行動しないのが正しい。塔の上にいた時のように、自分にできるのはこれだけだと開き直ればいい。

利用されないために。

「利用……昔と違って、利用しようなんて人が出てくるんですよね」

昔なら笑い飛ばしたが、今は笑い事ではない。

来客は真面目に挨拶をしたい者達ばかりだったが、それはちゃんと選別されていたからだ。

いつかすり抜けて危ないこともあるだろう。

「そうだ。隙《すき》を見て君の前までたどり着いてしまった時、それをはね除《の》けることに力を入れてくれればいい。それ以外はすべて俺がやるから」

彼は嬉しそうに笑っている。

「……どうして嬉しそうになさっているんですか？」

「嬉しそうか？」

彼は意外そうに自分の顔に触れた。自覚がなかったようだ。

「エラさん、申し訳ありません。レオン様は世話好きなんです。尽くす男なんです」

不思議に思っていると、レオンの従者のウィルが口を挟んだ。

「いつかクロード様に楽をさせてやろうと思っていて叶《かな》わなかった分も、エラさんにぶつけているんですよ。困ったお人でしょう」

今までのことを考える。彼はエレオノーラの身の回りのことをすべて管理していた。好きにしていいと言いつつも、部屋の内装を決めたのも彼で、侍女を選んだのも彼だ。

「エラさんはクロード様じゃないんですから、クロード様にしてやれなかったことをエラさんにしても意味はありませんよ」

父が望んでいたこと、つまり隠居したいとか、そういう望みだ。

「そんなつもりはない。エラとクロードの思考は似ているが、落ち着く先が違うからな」

重ねられていると思っていたから、違うとはっきり言われたことに驚いた。

「それをご理解されているならいいんですけど」

ウィルはほっとしたように言う。

周りから見ても、同じように見えていたのだと知りエレオノーラもほっとした。そして違うと言ったレオンの反応に、少し気分はよくなった。

「……父は、幸せですね」

エラは思わず口に出していた。

彼は——彼らはエレオノーラを見て恩師を思い出しても、引きずりはしていないのだ。父は彼らを自分がいなくてもやっていけるほど、強く育て上げられたのだ。

「そ、そうか？」

「父はもう思い残すことがなさそうで、不幸もあったけど幸せだったなと思うんです」

するとレオンは目を伏せた。

「そう思ってもらえるよう頑張っているが……君達の成長は、見たかっただろうなと思わずにはいられない」

とくに生まれたばかりの息子の成長は見たかっただろうにと、彼と親しい人達は思わずにはいられないのだ。

「姉妹で、父が死ぬなら誰かをかばって死ぬんだろうなと話したことがあるんです。でも父を選んだのが幼い王子だったから、父はまだ穏やかに過ごせていると」

部下はみんな年下の少年騎士達だったのに、本人達がしっかりしているから見守るだけでよく、背中にかばう必要もなかった。比較的、穏やかに過ごせただろう。

「武人として、これだけ優秀で、遺志を尊重してくれる弟子に恵まれて幸せです」

「……そうだろうか？」

彼の声は、どこか不安そうだった。彼はそれほど年の違わない若者で、導いてくれる人がいなくなって自分が導く側になってしまったのだと思い出す。

「父は弟子はたくさんいたし、跡取り息子も生まれたし、問題のある長女も責任感の強い王子様に押しつけて、戦争の問題点もその弟子が理解したから、思い残すことはなかったと思いますよ」

未練は山ほどあるだろうが、必要最低限の成果は残せている。自分を慕って集まった子ども達が犠牲にならなくて喜んだだろう。そして娘は彼が育てた、憧れていた男の子と結婚することになったのだ。

「だが……息子の成長は見せてやりたかったな」

思っていた通りのことを言って、エレオノーラはくすりと笑う。

「息子の成長は、レオン様で十分見たと思います。それにレオン様なら弟を可愛がってくれるでしょう？」

するると彼は視線をそらした。

「そ、そうだな。義理の兄なのだから、亡くなったクロードに代わって立派な跡取りに育てるつもりだ」

「義……」

彼は照れくさそうに頬を赤く染めて、顔をそらしたまままちらりと視線だけを向けた。

エレオノーラには深い意味のない言葉だったが、そういう意味と受け取れると気付き、顔が熱くなった。

「いや、あの、その……お、お父様に与えられた分を誰かに返したいという気持ちは分かりますけど、気負いすぎなくても大丈夫ですから」

「もちろん気負いはしないさ」

エレオノーラが羞恥心を誤魔化すように言うと、ウィルが周囲を気にして上半身を寄せた。

「エラさん、誤解されているようですが、クロード様のためじゃなくて、エラさんの弟には格好いいお兄さんだと思って欲しいし、そんな自分をエラさんに格好いいと思って欲しいっていう、純粋な自己満足だから気に病まないでください」

「いや、おまえなぁっ！」

ウィルの申告にレオンが声を上げる。

「じ、自己満足？」

「ええそうですよ。殿下はエラさんに格好いいと思って欲しくてやってるんです」

「？？？」

エレオノーラは眉間《みけん》にしわを寄せて彼を見つめた。レオンがまた騒いでいるが、何を言っているのかさっぱり分からない。

「エラさんにお会いしに行く前には、必ず鏡で全身をくまなく見て、その上で変なところはないかって聞いてくるんですよ。いつもならもっとだらしなく着崩して襟元も開いているのに、きっちり着飾ってるんですよ」

レオンの頬が引きつった。彼が着崩している姿などほとんど見たことがない。あるとすれば、訓練中だけだ。

「お、おまっ⁉　そこまでバラすとかひどいっ！」

ウィルの言葉が真実であることを証明するように、彼を睨み付けた。

「でも、いつまでも自分を隠してたら嫌われますよ。他人行儀だから胡散臭《うさん》く感じてて距離を置かれるんです」

幼なじみの口説に、レオンは言葉を失い視線を泳がせる。彼がそんなことをしていたのを知らなかった。とても気まずげで、腕の中にいるエレオノーラも気まずい。

身体を小さくして、顔をそらしてなんとか気まずさや気恥ずかしさを耐えた。

今までいつ見ても完璧な王子様然としていたのは格好つけていたからなんて、気恥ずかしいが、可愛らしく感じた。

「まあまあ。好意を受け流してた事なかれ主義のエラも悪いですし」

ニックが今度はエレオノーラに向けて言う。

（事なかれ主義……確かにそうかもしれない）

手に入らないと思っていた。手に届いてからも、本当に手の中か疑っていた。彼は手の届く場所にいるだけで、見ている方向も歩く速さも違うかもしれないという警戒はしていた。

だって彼は何でもできて、こんな所で収まる器ではないと思っていたからだ。

エレオノーラはレオンを見上げた。斜め下から見る彼は、友人達にいじられてわなないていた。

普通の友人同士のように。

エレオノーラは、いつもただ与えようとする人に向けて首を伸ばし、いつもされているように頬にキスをした。たまにはエラも与えてみたくなったのだ。

「ふぁっ⁉　え……ら、え？　今？　えっ⁉」

驚いたレオンは、耳まで真っ赤にしてエレオノーラを凝視した。先ほどの自分も、似たような顔をしていたのかもしれない。

「ふふ。自分がするのは平気でも、されるのは恥ずかしいんですね？」

エレオノーラも自分でするのも恥ずかしいが、してやったりという気持ちの分、されるよりは恥ずかしくないと気付いた。

「くそっ、覚えてろよおまえ達！」

レオンは毒づくと、突然手綱を操り、友人達を振り払うように馬を走らせた。

◇　◆　◇　◆　◇　◆　◇　◆　◇

三日後。

レオンが部屋に顔を出した時、エレオノーラは頬を膨らませた。

「レオン様！　最初に疲れ切った演技をしたら、みんなが揃って何もせずにゆっくり休むように言うんです！　そりゃあ最初の一日は身体が痛くてお医者様のお世話になりましたけど、今はもう平気なのに編み物すらさせてくれません。わたしはいつ回復していいんですか⁉」

切実な悩みを、発案者であるレオンにぶつけた。今まで彼に対してこれほど感情的になったことはあっただろうかというほど、分かりやすく不満を爆発させた。

塔の上での自堕落的な生活は、趣味の潤いがあったから楽しかったが、今回は本当にベッドの上でごろごろしているだけしかできず苦痛だった。

もちろん最初の内は考えることも多くて暇だとは思わなかった。しかし翌日の昼には飽きた。

エレオノーラは悩むことが好きではない。結婚に対する期待や不安など、その時にならないと分からないので悩んでも仕方がない。自分の能力不足だって仕方がない。

うじうじ悩み続けられる性格なら、家出などしていないのだ。

「うーん。やっぱり何もしないでいるのは三日が限界だったか……」

彼はこの作戦の欠陥に初めから気付いていたのだ。彼ほどの人間は、エレオノーラが何に満足を感じ、何に不満を感じるか理解できるのだから。

「実は先代が睡眠不足で倒れる読書家だったから、使用人達も取り上げるのに慣れてるんだ。大魔術で気を失ったと聞いて、前の主人と同類だと思われたんだろう」

寝てできる趣味も禁じられたのは、大叔父のせいだったようだ。

「編み物ぐらいなら、解禁してもらおうか。というか編み物もするんだな」

「去年はジュナに色々作って楽しかったですし、今年は部屋に合わせた膝掛けや侍女達に何か作りたいんです」

レオンはくすりと笑う。先日、羞恥に頬を染めて、エレオノーラを置いてすぐに仕事に戻った人と同じとは思えない落ち着きようである。あの時はずっと顔が赤くて可愛らしかったのに、今は照れるようなそぶりも見せない。

「君の媚《こ》びようとしない所は好きだな」

このように嫌みを言う余裕もあるのだ。もう一度同じことをしても、さらりと受け流される気がした。

「レオン様に作る気がないのは、もう一級品を持っているし、似合わないからです」

レオンに何か作るなどと言えるのは、思い上がった無知な女だけだ。

「ところで、レオン様がお戻りになったということは、一段落ついたということでしょうか？」

「ああ。兄上側の貴族の名が出てきてくれた。兄上に迷惑がかからない程度、見せしめにするつもりだ。これ以上やったら兄上の名も傷がつくという脅しとしてな」

もちろん脅すのは義理の母の後ろにいる者達だ。

「お兄様に王位を継いでもらいたいって、信じていただけるといいですね」

「そうだな。そうしてくれたら、兄上とも仲良くできる」

レオンはくすりと笑った。彼の望みは相手を破滅させることではなく、普通の兄弟になることなのだから、兄を操ろうとする者は脅していいのだ。

「テオの方も、護送して帰れるぐらいの動きはあったそうだ」

「テオ様もお目当ての者を捕まえられたんですね」

レオンはにやりと笑う。わざわざ隣国に滞在するほどだから、テオが目当てにしていた者を捕まえた意味は大きいのだろう。

「ああ。明日には挨拶に来て、帰国するだろうな。で、土産《みやげ》を持ってまた来るだろうな。高級ウールで有名だから、エラへの土産は期待するといい。布以外に毛糸も要求しよう」

「心躍るお土産ですね」

素晴らしい土産だ。ふわふわの毛糸に頬ずりできる日が待ち遠しい。

「これで、お父様は思い残すことは本当になくなりそうですね」

不安要素を排除できた。これで一区切りついたと思っていいだろう。

「そんなことはないだろ。娘の花嫁衣装は楽しみだっただろうし。あいつは愛妻家だったから、母親似の妹さんも可愛がっていた。変な男に引っかからないか心配だろう。自分が認められない男には娘はやらないと常々言っていた」

それは知らなかった。判断するのは腕っ節ではなく人柄だとしても、好き合っているなら口出しはしないと思っていたのだ。

「大丈夫ですよ。妹はわたしの噂を聞いたとしたら、嫉《そね》むよりも、それを利用できるような子です。自分で見極めるでしょう」

彼女が気になっていた男というのは、ちゃんと立派でいい人だった。

「そうだな。母親のいい部分が似ているからな。悪い部分は、意外と似ていないが」

「母のいい部分？　計算高くて、行動力があるところですか？」

「それと、ちゃんとクロードに惚《ほ》れていたところだな」

レオンは母に苦手意識を持っていたが、それでも認めていたのは二人が相思相愛だったからだ。

「美形に弱いのは、不安要素じゃないですか？」

「なんだ、エラ、自分の顔が整っているのは理解できていたのか」

心底驚いたような顔をされ、エレオノーラは一瞬理解できなかった。しかし母が惚れていた父親似であるという意味だと気付くと、複雑な気持ちになる。

　自分の顔立ちそのものが整っている方だという自覚はもちろんある。

「男性なら男前ですけど、女だと生意気そうって言われる顔ですけどね」

　下手に権力をもってしまったから、陰口はひどいものだろう。

「領主としては、簡単に言いくるめられそうだと思われるよりは、いいんですけど」

　未だに実感はないが、人々は慕ってくれているから、悪い気はしない。そのために気が強そうな顔だったことは、よかったと思えるようになった。

「既婚者はやっかんで言うだろうが、独身の男達は美しいと褒めそやして、君を手に入れようと躍起になるだろうさ」

　彼は肩をすくめて、ははっと笑った。

「えっと……なぜですか？　レオン様と婚約しているのにそんな愚かなこと……」

　レオンは困ったようにため息をつく。本当は言いたくないかのような顔だった。

「エラ、爵位を持っている独身の女性は本当にモテるんだよ。何より、オルブラを手に入れられるなら、俺を蹴落《けお》とすために兄に加担するほどには魅力的なんだ」

　エレオノーラの婚姻は、敵対勢力がレオンを追い詰めるのにも使えるのだと、言われて初めて気付いた。レオン以外は信じられなかったから、考えもしなかったのだ。

「しかも婚約しているのを知っているのは一部だし、知っていても君が未婚なのに変わりない。

今なら間に合うんだ。俺を恐れず、手紙を寄越す連中の多いこと！」

と、手紙の束を取り出して見せた。レオンは一瞬、本気の苛立《いらだ》ちを滲《にじ》ませた。

「て、手紙？」

彼の手にある束は、十通ほどが紐で括《くく》られていた。

「招待状つきでね。俺から君を奪い取ろうという輩《やから》の多いこと。姉や妹の名で呼び出そうとする奴もいる。そのうち、押しかけてくるんじゃないか？」

恐ろしい発言に、背中を冷や汗が流れ落ちる。手紙は束になるほど多いのだ。

「じょ、冗談でしょう」

「なぜだ？　ちょっと気は強いが、見栄えがよくて、信心深くて、財産を持っている。そういう男に女が群がる様を想像すればいい。同じことだから」

レオンやその友人達に媚びを売る女達を思い出す。相手をよく知りもしないで群がっていた。

男女逆にするだけで、自分に当てはまってしまうらしい。

「自分がオオカミ共にとって、どれだけ美味しい獲物なのか理解できた？」

「はい。絶対に護衛当番の方から離れないようにして、知らない人とは話しません」

怯えながら言うと、レオンが苦笑いする。警戒はまだ足りないようだ。

「ああ、そうか。相手が正式に会いに来たら、不審者対策じゃだめなんですね」

すると彼は頷いた。

「エラが堂々としていれば勝手に心が折れると思うけど……そんな機会が激減するいい案があるんだが。ついでに、母君の介入も減らせる」

「そんな手が？」

そんな奇跡のような一手があるのかと驚いた。

「ああ。婚約のことを、大々的に広めるんだ」

「え？　広める？　知っていても手紙を送ってきたのでは？」

そんな恐れ知らずの野心家を相手にしなければならないから怖いのだ。

「今なら知らなかったと言い訳できるからな。婚約したことを常識ぐらいに広めれば、真っ正面から来ることは減る。来るのは俺より上だと思い込める特殊な男だけだ」

「王子様より上？　面倒くさい人しか思いつかないんですけど」

どれだけ思い上がったらそんな思考になれるのだろうかと、考えれば考えるほど面倒くさいと思ってしまう。

「さすがに、頭もいいんじゃないかと思うが……顔だけの男が来たら腹立つな」

「頭のいい結婚詐欺師ですか？　厄介ですね」

ぼーっとしていたら付け入られるかもしれないのだ。

「いや、結婚を維持できないと意味ないから、詐欺じゃなくてまっとうなはずだぞ？　君を蔑ろにしたら追い出されるから大切にするだろうし、君は美人だから大切にするのは簡単だ」

「おまけとして大切にされても……」

「それを理解しているなら問題ない。俺ほどエラを愛している男はいないからな。俺はエラが身一つでも問題ない」

レオンはエレオノーラの頬に指を這《は》わせた。愛おしげな目を向けられると、ついい視線がそれる。慣れる気がしなかった。

「エラ、落ち着いたら指輪を作ろうと思うんだ」

エレオノーラはそらしていた目を正面に向ける。満月のような目が優しく笑っていた。彼より愛してくれる人はいない。彼がいなければ、地位と財産を愛する男に追い回される。

「指輪……」

エレオノーラは生まれてこの方、つける習慣を持ったことがないアクセサリーの名を出されて戸惑った。同時に、期待もしてしまう。

「まずは婚約指輪というやつを。その時はちゃんとするから、受け取ってもらえると嬉しいな」

予想通りの指輪に、エレオノーラは視線をそらす。

ちゃんとするというのは、仕事の合間にやってきたり、利のための行動ではないということだろう。つまりは、もっと雰囲気や状況を考えてくれるのだ。

（理詰めで押し通すのかとも思っていたけど、可愛らしいことを気になさるのね）

どちらでもいいが、ちゃんとするというのがどんなものなのか気になった。

「楽しみにしています」

返事をすると、琥珀色の瞳が輝く。

（こんなにいい男なのに、こんなに喜ぶなんて、おかしな人）

「わたしも、レオン様が大好きですから」

自分の物になるはずがなかった人。はなから諦めていた初恋の人。

追われるように結婚するのはどうかとも思ったが、そんな不運も自分らしいと言えば自分らしい。すべてが思うままになったことがないのに、嘆いても仕方ない。

「エラ、好きだ」

レオンはいつものように抱きしめてきた。勢いでベッドに倒れ込み――。

「そこまでよっ！」

蹴破らんばかりの勢いで、ジュナの制止の声が部屋に響いた。

「の、のぞいてたのか!?」

「レオン、それはだめに決まってるでしょう」

覗いていたかどうかには答えず、テオは首を横に振る。

「それって……これは勢い余って転んだだけだっ！」

レオンは慌てて起き上がり、必死に首を横に振った。本当だとしても、いたずらを見つかってしまった子どものようで、可愛らしくてエレオノーラはベッドに倒れたまま、腹を抱えて笑ってしまった。

「わ、笑わなくても……」

「ああ、ごめんなさい。レオン様が可愛らしくって」

「か、可愛い⁉」

余裕があるように見えて、生きることに必死だった彼はたまに幼い。

それが可愛らしくて、頬が緩む。

「レオン様がそういうところを見せてくれるのが嬉しいんです」

何も見せてくれないなんて、気を抜けない他人と同じだ。

「……可愛い君がそう言うなら、可愛いというのも甘んじて受け入れよう」

と、彼はエレオノーラの背に手を回して、優しく抱き起こした。

あとがき

こんにちは、かいとーこです。

本書をお手に取ってくださってありがとうございます。

書き終わったらコロナにかかって家族の中で一人だけ高熱が出たり、その後も数ヶ月咳が続いたり、健康診断の結果で腸内環境の悪さが悪化してそうなのが判明したりと、執筆とは関係ないところで色々とショックなことがありました。

私はいつもダイエットをしていますが、今は健康のためにもけっこう本格的にダイエットをしています。

食べている物を記録して、揚げ物を食べないようにして、一日のカロリー摂取量を目標内に収めるように生活しています。プロフィール画像もポテチ欲を抑えるためのヘルシーおやつです。潰してレンチンするのも面倒くさくなってきたので、今は豆腐皮をレンチンしたのを食べています。けっこう美味しいです。

腸活には運動もいいというので、近所のジムに通うようになりました。

それで気付いたんですが、好きなタイプの服は何を着てもまったく似合わないのに、今まで目も向けてなかったスポーティーな服が意外と似合っています。

似合う服が無難で困っていたので、着られるジャンルが増えるのは嬉しいのですが、私の好みは可愛らしいゆるふわした服です。典型的な骨格ストレートなので高確率で事故ります。

反対に母はいくつになっても可愛い服が似合うし、あまり事故るジャンルの服がないのがうらやましいです。


そんな妬……身近な悩みからエレオノーラの設定ができました。

彼女は現代のセレブが着てるようなセクシーなドレスが似合うんでしょうね。

エレオノーラの設定を考えている時には、さすがに現代のセレブを参考にはできないので、ファッション関係の海外の映画や動画を色々と見ました。

映画のファッションは正しいか正しくないかの解説動画とか、伝統的な服の作り方とかとても楽しかったし、絵だけだと理解しきれないことでも、作りながら説明されるととても分かりやすかったです。

他には伝統的な加工食品の作り方を探している時に見た海外の田舎暮らしの動画は、ターシャ・テューダーの世界のような雰囲気が素敵でした。

以前はなかなか日本には入ってこないような人達の技術が見られるので、ありがたい時代になりましたね。

お手軽に映画やら動画やら電子書籍やらを見られるせいで、家の中だとつい手が止まるので喫茶店にいくはめになるのですが。

リモートワークをしていた方々は、この誘惑に耐えられたんでしょうか。

取り留めのないことを長々と書いてしまいましたが、ここまで読んでくださってありがとうございました。

塔《とう》から降《お》りたら女伯爵《おんなはくしゃく》にされてました
ついでに憧《あこが》れの王子《おうじ》と婚約《こんやく》してました

2023年7月1日　初版発行

著　者■かいとーこ

発行者■野内雅宏

発行所■株式会社一迅社
〒160-0022
東京都新宿区新宿3-1-13
京王新宿追分ビル5F
電話03-5312-7432（編集）
電話03-5312-6150（販売）

発売元：株式会社講談社
（講談社・一迅社）

印刷所・製本■大日本印刷株式会社

ＤＴＰ■株式会社三協美術

装　幀■世古口敦志・前川絵莉子
(coil)

ISBN978-4-7580-9559-4

この本を読んでのご意見
ご感想などをお寄せください。

おたよりの宛て先

〒160-0022
東京都新宿区新宿3-1-13
京王新宿追分ビル5F
株式会社一迅社　ノベル編集部
かいとーこ 先生・黒野《くろの》ユウ 先生

IRIS 一迅社文庫アイリス

悪役令嬢だけど、破滅エンドは回避したい――

『乙女ゲームの破滅フラグしかない悪役令嬢に転生してしまった…1』

頭をぶつけて前世の記憶を取り戻したら、公爵令嬢に生まれ変わっていた私。え、待って！　ここって前世でプレイした乙女ゲームの世界じゃない？　しかも、私、ヒロインの邪魔をする悪役令嬢カタリナなんですけど⁉
結末は国外追放か死亡の二択のみ⁉　破滅エンドを回避しようと、まずは王子様との円満婚約解消をめざすことにしたけれど……。悪役令嬢、美形だらけの逆ハーレムルートに突入する⁉　破滅回避ラブコメディ第１弾★

著者・山口 悟
イラスト：ひだかなみ

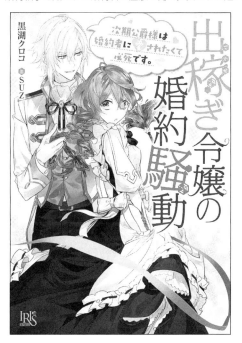